남촌 공생원 마나님의 280일

남촌 공생원 마나님의 280일

김진규 장편소설

문학동네

차례

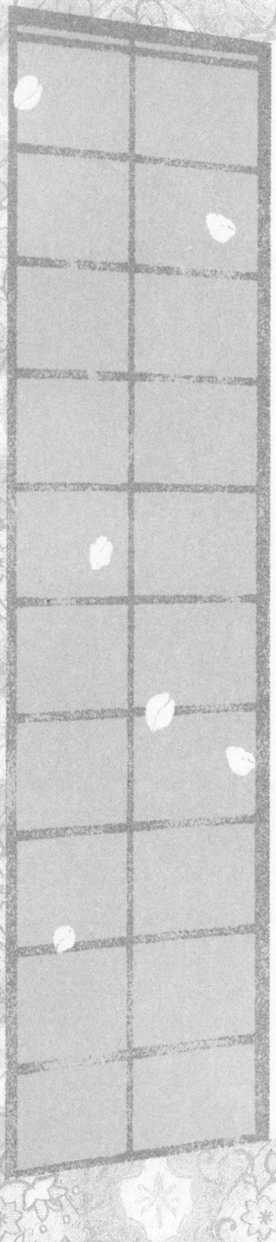

1장

진단

마나님의 배가 불러올수록 공생원의 시름도 더불어 깊어졌다. 마흔다섯이면 손자를 보고도 남을 중늙은이 나이였다. 이제야 겨우 첫아이의 기미를 보았으니 사방 웃음을 흘리고 다녀도 모자랄 판이었고, 호기심이 주책스럽다 하더라도 이해 못 해줄 일은 아니었다. 그런데 이 어인 시름일 거나.

단오를 넘기면서 나뭇가지마다 조랑조랑 달려 있던 앵두들이 깊어지기 시작했다. 앵두나무는 봄 한철 층층이 걸리는 담홍색의 꽃구름도 볼 만하거니와, 꽃이 진 뒤의 열매는 또 어찌나 붉고 야문지, 앵두가 황황한 여름에는 문득문득 도화살의 기운마저 내뿜었다. 하여 그 아래서 임자 있는 여인네가 넋을 빼고 있다가는 곧 바람날 조짐이니 두고 보라는 소문에 시달리기 일쑤였다.

"난봉을 부추기는 저것을 왜 뽑아내지 않는지 모르겠습니다."

마나님도 참지 못하고 짯짯하게 야단했다.

원체가 유별난 나무였다. 보통 앵두나무라 하면 아무리 원 없이 자랐대도 열 자 정도에서 그치고 말건만, 이 앵두나무는 그보다 대여섯 자 정도가 더 높았다. 명례방이 조성되기 전부터 버티고 있었다던 나무였다. 그러니 멀쩡한 나무를, 그것도 묵은 신기神氣마저 내뿜는 나무를 잘라내버리는 일에 선뜻 동의하고 나서는 사람이 있을 리 만무였다.

앵두나무가 명례방의 이정표가 된 지는 아주 오래였다. 공생원 역시 모르는 이에게 길을 알려줄 때는 으레 앵두나무를 기준으로 삼았다.

"무조건 앵두나무를 찾으시게. 명례방에 앵두나무 모르는 사람이 없으니, 아무나 붙들고 물으시면 되네. 그 앵두나무 바로 아래 있는 집이 아파牙婆 앵두네고, 그 골목 끄트머리 집이 바로 우리 집일세"라든가,

"앵두네 사립짝을 우편에 두고 스무 걸음쯤 올라오다가 다시 우로 꺾어지면, 거기서 세번째 대문이 바로 댁네가 찾는 집이라네"라는 식으로 말이다.

그 앵두나무 골목이 식전 댓바람부터 수런수런했다.

"엿장수 가위질만큼이나 제 맘대로인 게 또하나 있으니, 박박수 진적입니다. 박박수는 별반 영검하지도 않은 몸주신을 뭘 그리 시도 때도 없이 모셔놓고 놀아주나 모르겠습니다."

마나님의 말끝에 혀 차는 소리가 묻어나왔다. 그러면서도 앵두네와 함께 굿판에 갈 약속을 벌써 잡아놓고 온 모양이었다. 사람 구경 마다할 마나님이 아니었다.

'진적이라.'

공생원이 속엣말을 했다. 무격이 자신을 잡아채간 신을 불러

앉혀놓고 주기적으로 벌이는 재수풀이를 진적이라 하는 것은 공생원도 익히 아는 바였다. 일명 '굿발'을 세우기 위한 의례인데, 주로 꽃맞이 철과 단풍맞이 철에 행해지는 것이 관례였다. 하나 박박수는 달랐다. 마나님 말마따나 영력靈力이 좀 힘에 부친다 싶으면 어느 때고 상관없이 굿판을 벌였다. 그 유난스러움 때문에 관의 단속에 걸려 도성 밖으로 쫓겨날 뻔했던 적도 있었지만, 그는 달라지지 않았고, 그의 굿 또한 언제나 꾸준했다.

공생원은 새삼 굿판이 궁금했다. 그의 속도 속이 아닌 터였다. 상의원尙衣院 별좌別坐 이신을 비롯한 동네 유지 몇이 조합서당을 세우면서 훈장을 구했는데, 바로 어제 있었던 최종면접에서 떨어진 때문이었다. 막판에 훈장 자리를 꿰찬 훈도방 강생원의 구멍 숭숭 뚫린 얼굴이 공생원의 속에서 울렁거렸다.

"천하에 둘도 없는 학자라도 제 신세가 불사통불팔달不四通不八達인데 애꾸 푸닥거리라고 마다할까. 끼어 있다보면 신력의 부스러기라도 떨어질는지, 그거야 가보지 않고는 모를 일……"

구시렁대면서 공생원은 의관을 갖추기 시작했다. 하지만,

"내 언제부터 굿판이나 기웃대는 것으로 삶을 의뢰했던고. 참람하고 또 참람한 지경이라. 끄응!"

하며 역정을 내더니만 데퉁맞은 모양으로 윗목에 드러누웠다. 앙상한 다리 아래 오이씨 모양의 버선 안에서 발가락 열 개가 두서없이 꼬물거렸다. 순간 한심한 그의 눈에 벌레 한 마리가 아등바등 벽을 기어오르는 것이 보였다. 공생원은 갑자기 서러

워졌다.

"삭풍은…… 나무 끝에 불고…… 명월은…… 눈 속에 찬데……, 만리변성에…… 일장검 짚고 서서…… 긴 파람…… 큰 한소리에…… 거칠 것이…… 없세라…… 아! 그 삭풍 내 속에 있거늘 그 삭풍이 어인 삭풍인가…… 아!"

해괴한 푸념이 이어지다 끊어지다 하는 동안, 삭풍도 덩달아 갈팡질팡했다. 마나님이 때맞춰 방문을 열지 않았다면 공생원은 동사했을지도 몰랐다.

"착락이 심하면 착란이 옵니다. 김종서를 아무 데나 섞지 마십시오. 다녀옵니다."

아는 것도 많은 마나님이었다. 모진 인사가 방 안을 훑었다.

공생원은 멀뚱한 상태를 유지하려고 애썼다. 생각은 없으나 양식은 있고, 감각은 없으나 의식은 있는 어지중간 그 어디쯤. 잔가시로 버무린 눈칫밥을 적어도 십 년은 먹어야 다다른다는 선의 단계. 거기서 스스로를 보존하고 싶었다. 하지만 평화는 오지 않았다. 반점 정도가 흐르고 나니 도저히 가보지 않고는 견딜 수 없을 만큼 마음이 갈급해져, 제풀에 퉁명부리며 굿판으로 향하고야 말았다.

둥구당당, 챙가챙가, 요란한 소리가 골목 하나를 꺾을 때마다 점점 더 진해졌다. 하지만 막상 신당 앞에 이르자 공생원의 발걸음이 멈칫, 했다. 몇 발짝 뒷걸음질도 쳤다. 몇 겹이나 둘러쳐진 사람 벽에 숨이 턱턱 막히기도 할뿐더러, 마당을 가득 채운

무화巫花의 화려함에 지질리는 듯도 한 게, 오금이 움쭉움쭉했다. 한눈에도 알겠는 색색의 목단이며 가지꽃, 수파련 같은 꽃들이 요요했다. 상상의 꽃들도 있을 것이었다. 박박수의 외동딸 서분의 무화 만드는 솜씨는 알아줄 만했다. 아니, 종이 염색하는 솜씨가 뛰어나다는 편이 더 맞았다. 꽃의 모양보다는 색이 사람을 홀리고 있었다. 혼곤해지는 정신을 가다듬으려는 듯, 공생원이 억지로 머리를 털었다.

창, 차장, 차자장!

초풍한 공생원이 펄쩍 뛰었다. 자지러지는 바라 소리에 공기층에 금이 가고 있었다. 그의 허술한 심장이 덜컥거리며 바닥으로 추락했다.

"후, 후우!"

한숨마저 박자를 놓치고 소리를 더듬었다. 공생원은 누가 타박한 것도 아니건만, 삶의 의욕이 확 꺾여서는 집으로 발길을 돌려세웠다.

오전 내내 설쳤던 초여름의 열기가 한소끔 쏟아진 소나기를 따라 땅 밑으로 줄줄 새면서 대기는 급속도로 식어갔다. 해시亥時를 넘긴 바람에게선 계절이 만져지지 않았다. 별빛이 송송했다.

"필시 좀생이별이라."

한쪽 눈을 찌그려 감고 바들거리는 나머지 눈으로 별을 짚어가던 공생원은 곧 헛웃음을 지었다. 좀생이는 2월에나 볼 수 있는 별이었다. 닷새 후면 유두流頭라고 물맞이를 내세운 나들이 계획이 집집마다 한창인 때였다. 공생원도 박참봉과 더불어 물가에 가, 동쪽으로 흐르는 물에 머리를 감는 것으로 액막이를 할 계획이었다. 터무니없는 소리였다. 그래도 공생원은 오래 전에 지나간 그 별을 따라가 잡을 수 있을 만큼 눈이 밝아진 기분이었다.

"열심에 부응한 것이라."

선명해진 시야가 최근 몇 년간 초가지붕을 새로 일 적마다 두 눈 딱 감고 열심히 잡아 구워 먹은 굼벵이 덕이라는 소리였다. 제집 굼벵이뿐이 아니었다. 돈이네 헛간 이엉을 올리던 날도 그예 쫓아가 갈피갈피 박혀 있는 놈들을 주워모아서는 진저리가 쳐질 때까지 구워 먹곤 했다. 돈이 아비 고읍동의 예의바른 눈총을 애써 무시하면서 말이다.

"후우!"

짓무른 한숨소리였다. 좁은 콧구멍으로 숨을 거듭 밀어낼 적마다 공생원의 홀쭉한 배가 더 오므라들었다. 부쩍 앙상궂어진 그의 마음이 유월의 하늘에서 겨울을 찾고 있었다. 그의 한숨에 정말로 김이 서리는 것도 같았다.

"나라님의 세상도 공처의 기치가 드높거늘, 나 같은 소자야 말해 무얼 하리. 성심을 헤아리고도 남으니 나름의 충이라. 크흠!"

공생원의 배좁은 이마에 세 줄기 골이 패었다. 더불어 미간에도 두 줄. 우툴두툴한 그 골의 끄트머리에서 골관자가 반짝거렸다. 발광이 탁했다. 망건의 좌우에 달아 당줄을 꿰는 데 쓰는 관자는 사내가 멋을 부릴 만한 몇 안 되는 장신구 중의 하나지만, 공생원은 언제나 평범한 골관자만을 고집했다. 당상이 아니니 옥이나 금은 어쩔 수 없었지만, 호박이나 마노 같은 재료는 요령껏 쓸 수 있었다. 공생원의 오랜 동무인 참봉 박기곤도 거북의 등딱지로 만든 대모玳瑁관자를 애용했다. 하지만 공생원은 그런 치장이 못마땅했다. 사내라면 사내답게 단순하고 정순한 가운데 은연중 힘을 보여주어야 한다는 것이 그의 지론이었다.

한데 역설적이게도 그의 입에서 '공처'라는 단어가 아무렇지도 않게 흘러나오고 있었다. 그것도 불경스럽게 나라님까지 달고서. 아무리 교태전의 주인인 중전 윤씨가 칼로 무 자르는 듯한 성정이라 해도 한 나라의 지존이 어찌 공처를 하겠는가만, 공생원은 그렇게라도 억지를 부리고 나면 어느 정도 안심이 되었다. 또한 그러자고 갖다붙인 명분이 다른 것도 아닌, 바로 '충'이었다.

다시 후우, 숨을 내쉬려다 말고 공생원이 호흡을 가다듬었다. 인기척이었다. 부엌 문설주에 걸린 등롱이 흔들리면서 붙어 있던 날벌레들이 날아올랐다. 공생원은 자신도 모르게 국수나무의 듬성한 줄기 사이로 숨어들었다. 움쩍도 못하고 동정만 살피자니, 그림자 하나가 문턱을 넘어 마당까지 길게 쫓아나와 둥싯거렸다. 그와 동시에 펑퍼짐한 몸 하나가 모습을 드러냈다. 공처의

'처'에 해당하는 마나님 최씨였다. 함지를 든 마나님이 공생원 쪽을 흘끗 돌아보았다. 그러고는 울타리 쪽으로 다가가 휘늘어진 개나리 줄기 아래에 개숫물을 골고루 나눠 붓기 시작했다. 걸대 큰 몸집이 새삼스러워 공생원은 신붓감을 몰래 훔쳐보던 날의 기분이 되살아나는 듯했다.

최진사의 집 앞에 죽친 지 만 하루가 지나고서였다. 공들인 귀동냥으로 바리바리 그러모은 정보가 있다 해도 궁금한 것을 참을 수 없어 무턱대고 기다리고는 있었지만, 별반 기대는 없었다. 그래도 그때까지 들인 시간이 아까워 조금만, 조금만 하던 중이었는데, 왁자할 정도는 아니어도 조금은 수선스러운 소리들이 공생원의 귓전에서 와글거리더니, 빼꼼히 열린 문으로 한 사람이 성큼성큼 걸어나왔다. 공생원보다 키는 한 뼘 정도가 크고, 몸무게도 너덧 근은 더 나가 보이는 처자였다. 공생원은 설마, 하면서 처자의 아래위를 훑었다.

'설마……'

그런데 뒤미처 나오던 어린 소녀가 그녀를 향해 소리를 질렀다.

"셋째언니! 같이 가!"

설마가 사람 잡는다더니 결론은 역시나였다. 공생원은 고만 줄행랑을 놓을 뻔했다.

"잘못해서 맞기라도 하면, 능히 어디 한 군데는 부러지고도 남을 것이라."

하지만 공생원은 의리도 있고, 경우도 있어 보이는 최씨의 분위기에 마음을 다잡았다.

"물건이든 사람이든, 그것이 보이는 외양보다는 그것이 가진 성질이 더 중요한 것이라."

쓸 만한 가치관이었다. 혼사는 양가의 넘치는 축복 속에 순조로이 진행되었다.

마나님이 울타리 끝으로 우줄우줄 멀어져갔다.

"나름의 멋이라."

공생원은 조금 전까지만 해도 연신 한숨을 쏟아내던 일은 잠시 뒤로 미뤄둔 채 고개를 주억거렸다. 함지를 다 비운 마나님이 돌아섰다. 두 사람의 시선이 정면으로 부딪쳤다.

"왜 그러고 계십니까?"

"아, 아무 일도 아니오."

그는 마나님의 다보록한 허리춤을 흘끔거렸다. 치맛말기를 왼쪽으로 감아돌려 무명끈으로 질끈 묶은, 평소와 다를 바 없는 매무새였다. 공생원의 입귀가 저도 모르게 비틀어졌는지 마나님이 이죽거렸다.

"요 며칠 이상하십니다. 제 어디에 못마땅한 구석이 또 새로 생긴 겝니까?"

"아, 아니요. 그 무슨……"

"하면, 누군가가 사무치시는 겝니까?"

공생원은 어이가 없었다. 방심한 틈을 타 치고 들어오거나, 남의 시르죽은 기분을 비아냥거림으로 웃덮어버리는 것이 마나님의 버릇이었다.

공생원은 불빛을 등지고도 환히 빛나 보이는 얼굴을 올려다보았다. 오늘따라 더욱 달이라 여김 직했다. 그것도 보름달. 여유는 없었다. 큰 원 구석구석에 작은 원이 꽉꽉 들어찬 형상이랄까. 하물며 손톱 발톱까지도 동글동글했다. 문제는 어느 누구도 그런 그녀를 두고 복스럽다고 말하지 않는다는 사실이었다. 그녀를 보고 있으면 같은 동그라미도 다 귀여운 것은 아니다, 오히려 위협적일 수도 있다, 는 것을 저절로 알게 되었다. 진사 최종안과 권씨의 셋째딸. 얼굴도 안 보고 데려간다 할 정도로 미색이 보장되는 서열이지만 간혹 예외가 있게 마련인데, 바로 그 경우에 최씨가 들었다.

마나님은 부엌의 높은 문턱을 훌쩍 넘어들어가기 전에 한 번 더 눈빛을 쏘았다. 까닭이 있는 듯 없는 듯한 조롱기를 감지한 공생원의 목울대가 마른침을 삼키느라 몇 번을 울근거렸다.

'도대체……'

공생원은 시선을 발치로 미끄러뜨렸다. 그리고 다시 깊게 숨을 내쉬었다.

"후우!"

그 마나님의 배가 불러올수록 공생원의 시름도 더불어 깊어졌다. 마흔다섯이면 손자를 보고도 남을 중늙은이 나이였다. 이제야 겨우 첫아이의 기미를 보았으니 사방 웃음을 흘리고 다녀도 모자랄 판이었고, 호기심이 주책스럽다 하더라도 이해 못 해줄 일이 아니었다. 그런데 이 어인 시름일 거나. 그의 연이은 한숨은 단순한 염려를 넘어 어떤 불길한 징조처럼 어두웠다. 이태 전 문과를 포기한 일 이후 도래한 만만치 않은 환란이었다.

공생원이 치른 문과시험은 총 아홉 번이었다. 삼 년에 한 번씩 치러지는 식년시를 포함, 비정기적으로 행해지는 별시인 증광시, 정시, 알성시를 더해서였다. 특히나 칠 년 전 별시 때 제술과목에서 작성한 답안은 공생원 스스로 가늠하기에도 부족함이 없었다. 급제를 자신하며 과장을 물러나왔으나, 공교롭게도 그해는 모자람 없는 답안이 공생원의 것 말고도 넘쳐났던 해였다.

꽈르르르, 꽈르르.

"이런 또……"

심각한 공생원의 아랫배에서 꽈리주머니 터지는 소리가 났다. 회오리의 조짐이었다. 신경 좀 썼다 싶으면 영락없었다.

마나님 최씨의 성정이 수월한 축은 아니었다. 하나 공생원은 근원적으로 앙큼스럽거나 앙똥한 여자들에 대한 두려움을 가지고 있었다. 이웃을 제대로 두고 산 덕에 생긴 벌떡증이었다. 담장 하나를 사이에 두고 가깝게 지내던 봉별제의 집. 그리고 두 집의 경계인 양, 화합인 양 우거졌던 모과나무. 그 그늘 속에 푸릇하게 서 있던 아이, 연지.

명례방 바로 옆, 교서관골 시절이었다.

교서관校書館은 서적을 출판하고 교감하며 더러 책을 팔기도 하는 관청으로, 그 중요성과 서생들에게 미치는 영향력 때문에 마을 이름까지 교서관골로 불리고 있었다. 교서관의 관리는 물론 살고 있는 주민들도 그에 대한 자부심을 안다미로 채워다녔다. 상평창골이니 독서당골이니 기로소골이니 하는 건 없어도 교서관골은 있으니 그럴 만도 했다. 또한 책이 주는 경외감도 있었다. 봉수산은 그 교서관의 별제別提로 봉직하고 있는 인물이었다. 성품이 무던하고 재산도 꽤 있었지만, 오래 전 본처가 먼저 죽고 나서부터는 연지라는 늦둥이 딸만 바라보며 살아온 늙은이였다. 늘 데면데면해서 각별하게 나눈 정이 없던 부부였기에 봉수산은 재혼에 별다른 의욕이 없었다. 무엇보다도 그에게는 책이 있었다. 하지만 형수의 등쌀에 매파의 접근을 묵인한 것이 빌미가 되어 얼떨결에 젊은 과수댁 서가이를 후실로 들어앉히게 되었다.

한데 공생원의 기억 속에 또렷하게 남아 있는 서가이의 모습이 암통, 그 자체였다. 투명한 이마에 숯으로 칠해놓은 것 같은 짙은 눈썹. 옴팍하니 꺼진 커다란 눈의 선명한 윤곽. 뾰족한 코와 선홍빛 입술. 그리고 눈빛. 각도를 달리할 때마다 변하던 그 눈빛. 때로는 녹색으로 때로는 청색으로 때로는 자색으로.

"기운이 사납다. 눈빛을 봐봐라. 온통 살煞이다. 사사로이 어울려댕기지 말거라."

길 건너 살던 남양댁이 갓 시집온 며느리에게 서가이를 두고 이른 소리였다. 서분서분하기로 유명한 남양댁마저 그런 생각을 대놓고 발설할 정도였다.

한데 서가이가 이러나저러나 남편을 병으로 잃을 팔자였는지, 첫 남편에 이어 봉수산마저도 배에 물이 차 급작스럽게 죽어버렸다. 서가이로서야 슬픔보다는 분통이 터질 일이었지만, 문제는 그녀의 고독살이 아니었다. 서가이에게도 두연이라는 아들이 하나 있었는데, 그 아들이 연지를 짝사랑하게 된 것이었다.

연지는 어린 공생원에게도 사랑이었다.

"연지 누나!"

"평이 왔네!"

놀이는 언제나 그렇게 시작됐다. 영 쌀쌀맞기만 한 큰아버지의 딸들과 달리 연지는 부드럽고 다정했다. 조신하고 찬찬한 성품만큼이나 생김도 곱고 참했다. 하지만 연지가 여덟 살이 되면서부터 둘은 더이상 놀지 못했다. 그래도 어려 함께 어울리던 추억 덕으로 연지는 길에서 공생원을 볼 적마다 볼우물에 햇살을 가득 담아 환하게 웃어주곤 했다. 그 연지를, 두연이 말이다.

처음엔 서가이도 패륜이라며 펄펄 뛰었다. 하지만 두연이 상사병으로 앓아누워 곧 죽게 생기자, 고만 틈을 만들어 연지를 내주고야 말았다. 절개를 두고는 그 어떤 타협이나 굴복도 있을 수 없다는 교육을 철저하게 받은 연지였다. 사력을 다해 반항하다가 열받은 두연에 의해 목이 졸려 죽었다.

모자는 서둘러 시체를 유기했다. 봉수산과 합치기 전에 살던 집 작은방의 구들을 뜯어낸 아랫자리에다였다. 하나 하루아침에 사람이 사라진 일이었다. 연지의 큰아버지 봉수근은 재산 문제로 가닥을 잡고, 심증을 물증으로 만들기 위해 동분서주했다. 두연은 토끼몰이당하는 듯한 초조함을 견디지 못했다. 조마거리면서 옛집 주위를 서성이다 결국 덜미를 잡혔다. 하지만 재산이 아닌 치정에 의한 살인임이 드러나면서 봉수근은 분노 대신 자책을 선택했다. 연지는 많은 조카들 중에 유일한 여자였고, 자신을 가장 많이 닮은 아이였다.

형조판서까지 직접 행차해 현장을 들여다본 엄청난 사건이었다. 결국 서가이는 목이 매달리는 벌을, 두연은 목이 잘리는 형을 받았다. 그들의 시신을 아무도 수습해가지 않아 관에서 그냥 버렸다. 공생원이 방치돼 있던 시신을 향해 가차없이 돌멩이를 던지고 울며 도망간 것을 아무도 알지 못했다.

공생원은 그 뒤부터 지나치게 화사하거나 새침하거나 야살스러운 여자는 무의식적으로 거부하게 되었고, 연지에 대한 그리움의 반작용으로 연하고 부드러운 여인네까지 기피하게 되었다.

어찌 되었든 공처는 공처였다. 공생원이 마나님을 볼 적마다 깜짝깜짝 기가 죽곤 했으니 말이다.

"끄응!"

공생원이 아랫배를 움켜쥐었다. 엉거주춤 괴춤을 더듬더니, 그대로 바지끈을 풀어내리며 측간으로 뛰어들었다. 츠하, 험한 방귀소리가 뒤에 남았다.

“끄그긍!”

門迎春夏秋冬福문영춘하추동복.

지난봄, 문설주에 붙인 일곱 글자가 별빛 아래 음흉했다. 도대체 측간에 들어앉아 맞아들일 만한 복이 무엇이냐는 마나님의 지청구를 애써 못 들은 척하면서 어렵게 써붙인 춘첩春帖이었다.

“쾌변을 바라서 그러십니까? 왜요, 차라리 호납동서남북재戶納東西南北財라 하지 그러십니까? 변, 말입니다. 생시에서 겪는 만큼의 일 푼이라도 꿈에 보도록 애 좀 써보십시오. 아마 돈벼락을 맞을 겝니다.”

‘줄줄이 새나간 세월이 스무 해가 넘으니, 이젠 다소곳해질 때도 되었거늘.’

성혼 후 한 해, 여섯 해, 열다섯 해, 그렇게 숫자만 바꿔가며 두고두고 하는 혼잣말이었다.

‘그게 다 빈말이 아니라.’

공생원은 처가에서의 첫날을 떠올렸다.

다른 사람들도 종종 그러한지 알 수는 없으나, 친영 오는 사위를 장인 될 어른이 대문 밖까지 나와 기다린다는 건 분명 파격이었다. 그만큼 최종안은 공생원을 지나치게 환영했다. 하지만 공생원은 뿌듯함보다는 불안감에 적잖이 힘이 들었다. 안 그래도 미리 봐둔 신부가 속에 버거운데, 혼례를 치르는 내내 무언가 조급해하고 서두르는 분위기에 휘둘린 탓이었다. 모든 차례가 끝나고서도 방에 생뚱하니 혼자 내버려진 공생원은 누가 쫓아오는 기분에 자꾸만 뒤를 돌아보곤 했다. 한데 불난 데 부채질이라고, 늦게까지 남아 술판을 이어가던 손님들이 공생원을 낙담하게 했다. 의도적이지는 않았겠지만, 술기운 오른 그들의 목소리는 방문을 건너 다 들리고도 남았다.

"그래도 짝은 있구먼."

"손을 놨다더니 그래도 그게 아니었는가볼세. 혼삿말이 건너오자마자 낚아챈 걸 보면. 허허허허! 부모 맘은 다 한 가진 게지."

"신랑 부친 인품이 그리 후덕할 수가 없다 들었네. 하니 만에 하나라도 며느리 드세다고 타박할 일은 없을 거 아니겠는가?"

"내 말이 그 말이라네. 또 자식이 제 부모 아니면 누굴 닮겠는가? 보고 배운 것이 있으니 신랑 자리도 수더분할 걸세. 그게 다 최진사 궁량 아니겠는가?"

"그뿐인가? 시어머니 자리가 그리 맹하다면서? 딱 맹꽁이라던데? 하하하! 더군다나 한집살이 할 것도 아니니 별 분란이야 없을 터."

게다가 신부가 방에 들기 전 술상을 들이밀던 장모 권씨조차 셋째딸이 어려서부터도 의견이 말짱하고 고집이 세서, 아우들은 물론이거니와 언니들까지도 제 맘대로 쥐락펴락하려 드는 바람에, 크고 작은 충돌들이 잦아 집안이 늘 시끄러웠다면서 송구스러워했다. 사실, 그러잖아도 간당간당했던 생계가 더욱 어려워지지만 않았더라면 혼인은 좀더 여유를 두고 생각했을지도 몰랐다.

당시 공생원은 소과에 몇 번이나 낙방한 백수의 처지였다. 가족 내에서의 입지가 불안한 것으로 따지면 그가 단연 최고였고, 날이 갈수록 과거에도 집중하지 못하고 있었다. 교서관의 정자正字인 큰아버지 공희달이 받아오는 녹에 그의 노부모와 처자식은 물론이고 공생원의 식구까지 죄다 목을 매고 사는 형편이었다. 손바닥만한 밭뙈기에서 얼마간의 먹을거리를 충당하고는 있었지만, 그나마도 소출이 들쭉날쭉했다. 그러다보니 공희달의 일이 집안에서 유일하게 안정적인 벌이였는데, 정작 본인은 그 일을 지겨워했다. 같은 종류의 여러 책을 비교하여 차이나는 것들을 찾아 상관에게 보고하고 바로잡는 단순한 업무였다. 결국 공희달이 임사홍의 아들 문재에게 아부하고 청탁한 일이 탄로나, 그만 파직되었다.

공생원은 어떻게든 빠져나가고 싶었다. 좁은 집은 언제나 복작거렸고, 곤두서 있었다. 그는 점점 궁지로 몰려갔다. 하여 자신의 쥐구멍 같은 인생에 볕 한 번 쪼여야겠다고 애성이가 나서는, 궁리 끝에 작정을 한 것이 혼사였다.

마나님 최씨의 친정은 재력이 실속 있었고, 장인 최종안은 이남사녀의 자식들이 혼인할 때마다 공평하게 재산을 분배했다. 공생원의 경우에도 알토란 같은 논이 네 마지기 따라왔다. 아무 일 안 하고 방바닥만 긁고 있어도 저절로 살아질 만큼은 아니었고, 또 논일 단속은 아무나 하는 것이 아니라면서 장인 자신이 관리를 대신해야 한다는 조건이 붙긴 했어도, 공생원은 대저 황감할 따름이었다. 하니, 마나님의 첫인상을 두고 의리 있고 경우 있어 보이는 분위기라면서 마음을 몰아간 것도 어쩌면 다 그 연장선상에 놓인, 견강부회식의 해석일지 몰랐다.

자식들은 자식들대로 마다할 이유가 없었다.

"섭한가?"

최종안이 공생원에게 운을 뗐다.

"아닙니다, 아닙니다. 무슨 말씀을요. 아닙니다."

아니기만 한 것이 아니었다. 오히려 논일, 밭일 같은 제 능력 밖의 일에 매달리지 않아도 되는 것이 공생원은 고마웠다. 정말 말 그대로 최종안이 자청한 몫은 관리뿐이어서, 아홉 가마니 정도 되는 소출을 떼먹지 않았다. 게다가 덤으로 딸려오는 푸성귀에 약재까지. 공생원이 할 일이란 그저 추수철마다 수레에 실려오는 가마니들을 보고 저절로 벌어지는 입을 단속하는 것이 다였다.

마나님의 유식한 비웃음이 아직도 측간을 떠돌고 있었다. 하지만 공생원은 다른 데 정신이 팔려 지난봄의 그 소란을 이미 잊은 터였다.

"아무도 듣지 못하는 속말이라 해서 홍이야 항이야 떠들고 있을 것이 아니라, 정신 똑바로 차릴 때라. 그러니……"

항문을 조이다 말고 공생원이 투덜거렸다.

"지남이 이 자식을 어디서 찾는다?"

그러고는 관자놀이를 누르고 있던 양손을 내려 맨엉덩이를 문지르기 시작했다. 문짝 틈으로 드나들며 정탐만 하던 날벌레들이 시간이 지나도 신상에 별 탈이 없자, 이젠 살을 대놓고 물고 빠느라 정신을 못 차리고 있었다. 게다가 다리도 자리자리 저려왔다.

"이 자식을……"

어쨌든 제 자식도 아닌데 이 자식, 저 자식 하는 것이라면 그건 당연히 욕이었고, 그 욕을 듣고 멀리서도 귓구멍이 간지러울 자식이란 서의徐醫라고 불리는 의원 서지남이었다. 그리고 그 서지남이 야반도주한 후로는 그 앞에 돌팔이라는 명칭이 함께 붙어다니고 있었다.

"흡!"

갑자기 공생원의 몸이 수축하며 괄약근을 다그쳤다. 그리고 뒤이은 정적. 번데기 허물 벗는 소리조차 들리지 않았다. 숨을 쉬어도 족히 대여섯 번은 쉬었을 만큼의 시간이 흐르고 나서야 마치 하초를 벌에라도 쏘인 듯한 짜르르한 통증이 공생원의 온몸을 훑고 지나갔다. 드디어 항문이 빠끔 열리고 마땅히 쏟아져야 할 것들이 쏟아지기 시작했다. 신체 부위 중 예민하기로는 둘째가라면 서러운 곳이 그곳이었다. 공생원은 느낄 수 있었다. 탱글탱글, 쫄깃쫄깃, 보리알의 선명한 탄력을. 저녁에 조갈을 못 견디고 보리수단을 과음한 탓이었다. 선홍빛 오미자물에 떠 있던 보리 알갱이들이 뱃속에서 채 삭지 못하고 착실하게 붇다가, 개구리가 알을 쏟아낼 때처럼 와그르르 떠밀려나오고 있었다.

"흑, 흑, 흑!"

고통과 희열이 갈마드는 동안 공생원이 밭게 헐떡였다. 지남이 이 자식을 어디서 찾누, 이후 약 반점 정도가 흐른 뒤였다.

서지남이 처음부터 돌팔이였던 것은 아니다. 홍문관 전한典翰인 우사균의 노부老父 우영연의 주치의로 단골 환자들도 상당수였다. 그런 그가 왜 돌팔이라는 오명을 바로잡지도 않고 도망을 가야 했으며, 또 그런 서지남을 찾지 못해 공생원의 애가 타는 이유는 무엇일까? 그 내력을 알자면 이 년 전쯤으로 거슬러올라가야 했다.

혼인 후 오래도록 애가 들어서지 않자, 공생원 부부는 서로 상대에게 문제가 있는 게 아닐까 의심하게 되었다. 하여 그 책임의 소재를 캐기 위해 이곳저곳 용하다는 의원을 찾아다니게 되었는데, 대개가 둘 다 이상이 없다는 진단이었다. 동현銅峴 터주 황의가 마나님 최씨에게 아기 들어앉을 자리가 좀 찬 듯하니 섭생을 조심하고 하체를 따뜻하게 하라며 약을 써준 일이 유일했다.

무격들도 똑 부러지는 의견을 내놓지 못했다. 원진살에 밝다는 무당 작두선녀가 "신령님께서 강림을 아니 하시고……" 구시렁대다가 "속궁합에는 별 하자가 없으니 딱히 할 말이 없소" 하면서 베개 밑에 두라고 믿져야 본전 꼴의 부적을 그려준 것이 다일 뿐.

공생원의 부모도 잔소리를 보탤 만한 더이상의 구실을 찾지 못했다. 행여 구실을 찾았대도 마나님을 소박놓을 형편 역시 아니었다. 먹고살 만해진 공생원의 새 팔자라는 게 오로지 다 마나님 덕이었으므로.

참말이지 도성을 통틀어 안 가본 의원이 없었다. 이제 사대문 밖으로까지 시선을 돌려야 하나 하던 참에 박기곤이 서지남을 추천했다.

"우리 작은놈을 살려내지 않았는가."

공생원은 서지남의 인중 짧고 윗잇몸이 다 보이는 뾰족한 얼굴을 떠올리며 내키지 않는 웃음을 지었다. 사촌 공자남을 닮은, 제일 싫어하는 관상이었다.

"고맙긴 하네만, 내 마음이……"

공자남은 공생원의 큰아버지인 공희달의 둘째아들로, 책쾌라 하는 꽤 알려진 서적중개상이었다. 어려서부터 제 아비를 따라 교서관을 제집처럼 드나들며 책을 접한 까닭에 책을 보는 안목이 있던 공자남은 거간 노릇을 잘해 제법 돈을 모으고 있었다. 하지만 처가 자리가 아무리 탄탄하다 해도 웬만큼은 체면을 차리고 싶었던 공생원이 은밀히 원조를 요청했을 때, 일언지하에 거절해버렸다. 속맘을 헤아리기는커녕 어려 같이 살던 정리마저

묵살한 공자남의 처사에 공생원은 적잖이 상처를 받았고, 자존심의 손상 또한 서러움만큼이나 깊었다.

그때부터 공생원은 서의만 보면 공자남이 연상돼서 화증이 다 일어날 정도였다. 게다가 지남, 자남, 해서 이름마저 비슷하니 꺼려짐이 더했다. 서의가 알면 억울할 일이겠으나 공생원도 자신의 마음을 어쩌볼 도리가 없었다.

"그런 자식을 빼다박은 그런 자식이……"

"대가 끊기려는 마당에 그깟 인상쯤이 대순가?"

작정한 박기곤이 공생원 옆에 붙어앉아 한나절을 부추겼다. 결국 반강제적으로 서지남에게 끌려간 셈이었다.

그 서지남이 대놓고 말했다.

"생원님이 문젭니다. 마나님 탓하실 것 없지요."

아이는 포기하고 마나님한테나 잘하라며 면박을 지른 것이다. 잿물에 손을 담가 싸악싹 씻어 말린 뒤, 문밖 황구를 손짓으로 불러들여 목덜미를 어루만지는 꼴이 청결로 치자면 사람보다 개가 낫다고 말하는 것 같았다.

'이 자식이……'

그 이후로 공생원은 먼발치에서 서의의 그림자만 보여도 빙 둘러 돌아가곤 했었다. 그 서지남이 얼마 전 의료사고를 냈다.

지난 초봄이었다. 아침나절 산에 간 만덕이 이슥토록 돌아오지 않자 앵두네는 애가 타기 시작했다. 앵두네라고 하면 사정

모르는 사람들은 그 집 여식 이름이 앵두인가보다, 지레 짐작하곤 했지만 방물장수 과수댁 앵두네에겐 딸이 없었고, 유복자로 낳아 금자둥이 옥자둥이 하며 키운 만덕이 하나뿐이었다. 그 귀하디귀한 외아들의 이름인 '만덕'을 따서 만덕네가 되는 대신에 앵두네가 된 이유는, 그 집 뒤에 버티고 선 예의 그 앵두나무 때문이었다.

만덕은 어릴 적부터 유난히 산을 좋아했다. 나면서부터 앵두나무를 동무 삼아 커서 그런지 몰라도 늘 나무며 풀에 붙어살던 만덕에겐 논길보다 산길이 편했고, 사람보다 산짐승과의 친분이 더 두터운 편이었다. 그날도 쌓아놓은 장작가리가 한 무더기나 더 있는데도, 물오른 풀냄새에 환장한 만덕이 나무하러 간다는 핑계로 산을 탄 것이었다.

앵두네 집으로 사람들이 하나둘 모여들었다. 앵두네의 연통은 힘이 셌다. 하지만 사람들은 만덕을 찾아나서면서도 별다른 걱정을 보태지 않았다. 오히려 아들 찾아오라고 다그쳐대는 앵두네를 타박했고, 서로를 향해 싱거운 짜증을 날리며 어거지로 산길을 짚었다.

"만덕이한테 산이 어디 그냥 산인감? 지 집 안방보다도 더 편한 데가 산인데, 어디서 자빠져 자고 있겄지. 만덕아!"

"꽃 같은 새각시가 집에서 기다리는데, 둔갑한 여우라고 만덕이 홀릴 재간이 있겠나? 도대체 뭔 짓거리를 하느라고 사람을 이리 고생시키느냔 말이야. 만덕아! 만덕아!"

"춘삼월 달 밝은 밤에 젊은 놈 하나가 늙은 것들을 도지게도 부려먹는구나. 야, 이놈, 만덕아!"

한데,

"저것이 뭐라?"

산 중턱 엉성한 덤불숲에 만덕이가 대자로 뻗어 있었다. 그리고 바로 옆 지게 아래 짧은 뱀 한 마리가 혀를 빼물고 굳어 있었다. 맹독이 혈관을 훑아가는 와중에도 저를 문 뱀을 그예 결딴낸 모양이었다. 당황스러운 침묵이 사내들의 주변을 서성이다 물러갔다.

"타지서 흘러든 놈일 게야. 여기 산짐승치고 만덕이 못 알아보는 놈이 어디 있다고."

"아무리 그래도 낯선 놈이 만덕이 잡을 동안 여기 놈들은 뭘 하고 있었는가 말이야."

"대가리 꺼먼 짐승은 거두는 게 아니라더니, 이런 걸 일러 배은망덕이라 하겄지?"

그 밤, 앵두네의 절통함과 새색시의 황망함이 골목을 울렸다. 제 어미가 '만덕네'라 불릴 권리를 나무에게 빼앗겼지만, 다행히도 그 일로 속상한 적이 없었던 만덕은 외아들답게 제 어미에게 끔찍하게 잘했고, 혼인을 한 지도 고작 백 일밖에 안 된 순한 사내였다.

"으음, 으음……!"

앵두네가 얕게 신음하며 마당을 굴렀다. 바늘로 찌르면 피 한

방울 나오지 않을 것 같은 정도가 아니라, 아예 바늘 찌를 틈 하나 없어 뵈는 노파였다. 그런 그녀가 애가 끊어지는 고통을 입속에 가두었는데도 오히려 날아갈 듯 가뿐했다. 초라한 상청에 비통함이 사무쳤다.

"그래도 불행 중 다행 아니오?"

어떤 불행이든 다행의 건더기가 남겨져 있듯이, 분위기를 무시한 위로도 따라오게 마련이었다.

"사지육신 멀쩡하게 땅에 묻히는 것만도 천행이요. 범한테 물렸다고 해보소. 시신 수습은 꿈도 못 꿀 일. 피 묻은 적삼이 굴러다니지 않으면 짚신짝이 따로따로 뒹굴고. 거기다 댕강 잘려나간 팔다리를 줍기라도 해봐. 바로 혼이 다 나간다니까. 한 해 반은 범을 잡으러 다니고, 나머지 반은 범한테 물려 죽은 사람 문상 다닌다는 험한 세상 아니오."

지당하지만, 방금 수습해온 시신 앞에서 듣기에는 거북한 말씀이었다.

"거 왜, 비봉처녀귀신이라고 있잖소."

사내가 사발을 끌어당겼다. 콸콸 쏟은 탁주로 목을 축이는 품이 아예 긴 사설을 풀어낼 작정인가보았다. 사람들은 말리지 않았다. 그런다고 죽은 만덕이 살아서 돌아올 것도 아니었으므로.

"오래 전에 산불로 홀랑 타버려서 지금이야 흔적도 없지만, 창의문 지나서 저기 북한산 비봉碑峯으로 가는 쪽에 마을이 하나 있었다오. 열 가구도 채 안 되는 작은 마을이었는데, 어느 해 거기 사는 총각 하나가 장가를 든 날이었지 뭐요. 근데 이게 열여섯 동갑내기를 붙여놓긴 했는데, 이것들이 생 초짜들이라 수줍음만 세서는 밤이 깊어지는데도 당최 일을 못 치르는 거라. 시어미 되는 이가 요렇게 몰래 신방을 살피다 보니까 그냥 응결이 터져 죽을 것 같어."

그의 말이 은근슬쩍 반말로 전환되고 있었다.

"그래 가슴을 퍽퍽 치면서 방으로 들어가 누워서는 신경을 끊었지. 알아서 하라 이거야. 안 끊으면, 어찌 뾰족한 수 있고? 신방에 들어가서 이래 벗겨라 저래 풀어라 일일이 잔소리할 수는 없는 일 아녀. 지들 팔자지, 뭐. 근데 시간이 흐르면서 문제가 생겼어. 그게 뭐냐? 배고픈 거? 졸린 거? 그런 거면 좋게? 소피가 마려워진 거야. 그것도 신부가. 아침부터 참았으니 아랫배가 어땠겠어? 누가 손가락으로 톡 건드리기만 해도 바로 터지지. 그렇다고 아직 족두리도 내리지 못한 신부가 신랑이 보는 앞에서 요강을 쓸 수는 없는 노릇 아니여. 참다 참다 결국 허리도 못 펴고, 이래 엉거주춤한 자세로 뒷간으로 향했지."

그새 꽤 많은 이들이 사내 앞에 옹기종기 몰려 있었다. 앵두네가 멍하니 그 꼴을 지켜보았다.

"근데 이 신랑이 신부가 뒷간에 간다는데 걱정이 될 거 아녀. 그래서 따라갔지. 나 같아도 따라가. 그걸 그럼 혼자 보내? 어쨌든 갔는데, 이게 소피가 잘 안 나와. 당신들도 잘 알지? 오줌 참아봐. 비 개고 나중에 처마에서 간간이 떨어지는 빗방울 있잖여.

간격이 딱 그렇지. 쏴아, 하고 쏟아져주면 얼마나 좋아. 쪼그리고 앉은 당사자나 밖에 서서 듣는 이나 속이 시원하고 후련하지. 근데 이 오줌보가 이렇게 딴딴해져서는, 당연히 안 그렇겄어? 힘 빼면 샐까봐 어떻게든 버티느라고 말여. 안에서 냅다 묶어버린 거지. 그걸 살살 달래가매 푸는 꼴이니 성난 마누라 입구녕에 혓바닥 들이밀기보담도 쉽지가 않을 거 아녀. 찔끔, 찔끔. 그러는 수밖에. 그렇게 한참, 아니지, 한참 두참이 뭐여, 열참은 지나고 나니까 그제사 간신히 오줌보가 이래 말랑말랑해진거라. 당신들도 그럴 때 아랫배 한번 두들겨봐. 통, 통, 하는 소리가 아주 투명하고 맑어."

킥킥킥, 여기저기서 굴러나오는 웃음소리. 수긍하고 인정하는 표정들에 달빛이 가득했다.

"신부가 이제 살겄다, 하고 밖으로 나왔어. 근데 신랑이 안 뵈. 엥? 여봐요, 저봐요, 하면서 여기저길 다 뒤지는데도 신랑이 안 뵈. 그러니 그 어린 것이 얼마나 겁이 나. 그냥 울었네? 난리가 났어, 사람들이. 죄다 기나와서는 신부를 닦달했지. 내용인즉슨 백 년 묵은 여우면 잡아먹은 신랑을 뱉어낼 것이며, 사람이라면 당장 나가 찾아오라, 이거였지. 신부는 그냥 계속 울고."

쯧쯧. 수많은 혀들이 제 입천장을 때리느라 분주했다.

"사람들이 정신을 제자리에 돌려놓고 따져보니 아무래도 범 짓인 거라. 그래 횃불을 들고 이것저것 두들기매 신랑을 찾으러 나갔지. 그러니 집에 아무도 없잖여? 신부가 들보에 목을 맸네?

지 속은 속이었겄어? 그러고는 처녀귀신이 됐지. 혼례는 치렀어도, 초야는 건너뛰었으니 당연히 처녀 아니여? 그러니 고대로 처녀귀신이 된 거지. 그 일이 있고부텀은 과년한 처자가 한밤중에 혼자서 뒷간을 못 가. 이만큼 부풀어오른 오줌보를 잡고 땀을 시큰하게 흘리고 있으면, 혼례복으로 곱게 단장한 그 처녀귀신이 말간 얼굴을 들이밀고는 '다 눴어? 얼른 눠!' 그런다네? 얼마나 원망스런 범이여, 그러니. 이 집 외아들이 죽은 거야 속 아픈 일이지만, 그래도 범이 아니고 뱀이니 그나마 낫잖소?"

수많은 고개들이 주억거렸다. 회복된 말투로 이야기를 마무리한 사내가 탁주를 병째로 들이켰다. 만덕은 그렇게 죽었고, 온전히 묻혔다.

한데 장사를 치르고 약 달포쯤 지나고 나서 작은앵두네가 속탈이 났다. 옥, 옥, 틈만 나면 헛구역질을 하니, 앵두네가 혹시나 하는 마음에 서지남에게 며느리를 보였다.

"태기는 무슨 태기겠소? 신랑이 그리 허망하게 갔으니 그 놀람과 슬픔이 병이 된 게지요. 딸인 듯 살뜰하게 보살펴주시오."

서의의 자신감 넘치는 처방이었다. 앵두네의 낙심은 이만저만이 아니었다. 그래도 며느리마저 잘못될까 걱정이 된 앵두네가 서의가 시키는 대로 약을 지어 먹였는데, 약을 먹기 시작한 지 이틀 후 작은앵두네가 하혈을 하며 혼절했다. 다시 진찰을 해본 결과, 유산이라는 진단이 나왔다. 그 사실을 곧이곧대로 말한 서지남의 용기를 칭찬한 사람이 있기는 했다. 하지만 그 점을 미덕으로 추켜세우기에는 그의 과실이 너무나도 중대했다. 그날 밤, 앵두네가 창망함을 가누지 못하고 잠시 정신을 놓은 사이, 서지남은 있던 짐 꼼꼼히 부려 도망을 갔다. 수습이 불가능한 대형 사고였다.

그러니 공생원은 마나님이 임신한 상황에서 자신에게 이상이 있다고 한 서의의 소견을 어떻게 받아들여야 하는지, 그 당혹스러움이란 것이 말로는 표현할 수 없을 정도였다.

“지남이 그 자식이 헛다리 짚은 거라. 오진일 거라. 그럴 리 없다.”

하나, 돌팔이의 공갈이라고 맘 편히 무시할 수도 없었다. 서의의 의원 노릇은 한두 해가 아니었다. 의원으로서 서지남의 빛나는 경력이 공생원을 닦아세우고 있었다.

“혹여 서의의 말이 사실이기라도 한 거라면 마누라 뱃속에 들어앉은 아이는 어떻게 된 거란 말인가?”

뒷간을 나와서도 안으로 들지 못하고 서성이던 공생원의 시선이 어둠을 겉돌았다. 그가 뒷짐진 채로 바람벽에 고개를 박았다.

“지남이 그 자식, 이 낭패를……”

명례방 앵두나무 골목 모서리에 들어앉은 단단한 초가 마당에 작고 마른 사내의 클클한 한숨이 길다랗게 쌓이고 있었다.

2장

용의자들

마나님 최씨의 아들 욕심은 공생원조차도 말릴 재간이 없는 영역이었다. 공생원이라고 그 욕심이 덜한 것은 아니었지만, 마나님의 경우는 극성 중에서도 상극성에 속했다.

의원 채만주

"어디 내가 나고 싶어 나왔는가?"

공생원은 정말 죽을 지경이었다. 이틀 전 생일날 저녁에 억지로 먹은 미역국이 명치에 엉겨붙어서는 좀체 내려가지 않았다. 가만히 앉아만 있어도 등에 난 땀띠가 따가워 몸 둘 바를 모르겠는데, 가슴이 막혀 속으로 바람마저 드나들지 못하니 발작이라도 내고픈 심정이었다.

부채를 쥔 손에 힘이 들어가면서 움직임이 빨라졌다. 저번날 박참봉의 집 문간에 잠시 쪼그려앉았을 때 엉덩이 밑에 깔고 뭉개서 그런지 대나무살 서너 가닥이 살짝 찌그러져 있었다. 그래서인가 바람마저도 다른 쪽으로 틀어지는 통에 더위를 물리는 일이 영 신통치가 않았다.

"삼복 간 생일이 글쎄 내 탓인가 말이다."

한마디 한마디마다 서러움이 뚝, 뚝, 떨어져내리는데, 땀 먹은 삼베 잠방이가 흐물흐물해져서는 그 치사한 감정에 추레함마저 보태고 있었다.

그러잖아도 속 시끄러운 마당에 내킬 것 하나 없는 생일이었다. 거기에 마나님의 입덧도 있고 하니 조용히 넘길 작정이었다. 하지만 마다하는 생일상을 그예 바리바리 차려내온 사람도 마나님이었고, 애써 만든 음식이 더위에 금세 쉬어버리겠다는 둥, 세상 첫 대면한 날도 당사자 성질만큼이나 지랄 같다는 둥, 염천에 하루 종일 기름내 맡으니 욕지기가 난다는 둥 주제를 바꿔가며 퉁퉁거린 이도 그 마나님이었다.

"최씨 고집이라."

얼결에 말을 뱉어낸 공생원이 자기 목소리에 놀라서는 목을 빼 주변을 살피기 시작했다. 아니나 다를까, 귀 밝은 마나님이 어느새 방 안으로 고개를 들이밀며 빈정거렸다. 그것도 공생원의 말투를 고대로 흉내내서.

"할 말 없으면 그 소리. 공씨 소갈머리라."

공생원은 좋아하는 헛기침도 못 하고 슬며시 시선만 창 쪽으로 돌렸다. 한데 마나님이 장족지세로 들어와서는 다짜고짜 공생원의 웃옷을 벗겼다. 공생원은 적이 당황해 움츠러들었다. 하지만 마나님이 자신을 가뿐하게 돌려앉혀놓고 두들기듯 등을 쓸어내리기 시작하자 제풀에 무안해져서는 말을 더듬었다.

"뭐, 그그, 그럴 거것, 까지야!"

"아직도 부대끼는 겝니까? 얼굴이 떴습니다. 아무래도 십선혈十宣穴을 따야지 않겠습니까?"

살갑고 정다운 목소리였다. 공생원의 마음이 금세 녹지근해졌다.

"싫소. 손톱 밑에 점점이 맺히는 검은 피를 보고 나면 꿈자리가 사나워져서……"

"하면 파 대궁이라도 다져 참기름에 버무려올까요?"

"싫소. 그 방법은 명치에 몰린 것을 내려가게 하는 게 아니라 오히려 올라오게 하니 참으로 더러워서……"

"핑계도 여러 가집니다. 그럼 합곡合谷이라도 눌러드릴 테니 손을 이리 내십시오."

말은 내십시오, 였으나 실은 빼앗듯 채간 공생원의 손을 붙들고 마나님은 엄지와 집게손가락 사이의 골짜기를 성심으로 지압했다. 엄지손가락에 힘이 들어갈 때마다 반달 모양으로 탈색되는 손톱이 애틋했다.

'이리 보면 천생 여자라.'

흔들리는 공생원의 눈빛 속으로 쪼그려앉은 새색시 마나님의 너른 등이 아른거려왔다.

신혼 초였다. 봉당 평상에 나앉은 마나님의 바느질이 반나절이 넘도록 지지부진했다. 이리 꿰고 저리 꿰어도 바지 사폭의 앞뒤가 자꾸 붙는지라, 마나님의 입에서는 곧 걸진 욕이라도 튀어 나올 판이었다. 한데 눈치코치 없는 공생원이 부아를 거들었다.

"그 권당질이 오늘 내로 끝나기는 하는 게요?"

부우욱, 바짓가랑이 찢어발기는 소리. 마나님의 명료한 대답이었다.

여성성이 결여된 마나님의 능력은 자수나 바느질보다는 울타리 수선이나 텃밭 가꾸는 데 혁혁했다. 혼삿날 주워들은 바에 의하면 아마도 천성인가보았다.

"우리 신부가 말이지, 어려서 자치기를 정말 잘했거든. 딱, 하면 막대기가 떠서 나는데, 크아! 그뿐인가? 고누놀이는 거의 경지에 이르렀단 거 아니야. 말판 해석하고 적절히 말 쓰는 데는 아주 천부적이라니까. 사내새끼들이 말이야, 정 안 되겠다 싶으면 우리 신부를 불러다가 훈수를 부탁하기도 했거든. 자식들, 흐흐흐! 우리 신부가 참모였잖아, 참모. 대단했는데, 크아! 그 어마어마한 신부가 바로 내 동무라니까, 크아!"

황용갑의 불쾌한 목소리가 공생원의 귀에 아직도 생생했다.

그래도 마나님 최씨는 속이 웅숭깊었다. 괄괄하기는 해도 되바라질 정도는 아니었고, 황소고집이기는 해도 이기적이지는 않았다. 결정적으로 마나님의 판단은 실리적으로나 도덕적으로 빗나가는 적이 없었다. 공생원은 자신의 결정이 틀리지 않았음이 기꺼웠다. 혹여 누가 마나님의 외모를 두고 말을 보탤 적마다 '성격으로 살아보니 성격대로 살아지더라!'는 논리로 입을 틀어

막았다.

마나님의 이마에 땀방울이 송골송골, 했다. 터지려는 한숨을 공생원이 눌러앉혔다.

'하나……, 어찌한다?'

채의蔡醫가 한 번씩 헤부죽 웃을 때마다 공생원의 속은 뒤틀어졌다.

'저 자식이 허파에 바람 든 개구리 뒷다리를 구워 처먹었나, 왜 자꾸 실실거리나 말이다.'

성질 같아서는 채의의 눈앞에 대고 종주먹이라도 흔들고 싶었지만, 애써 손을 다독이고 목소리를 가다듬었다.

"서의에게선 아직 아무 소식이 없으시오?"

"앵두네가 저리 벼르고 있으니 어디 잘 숨어 있겠지요."

'앵' 자를 들은 순간 공생원의 머릿속에 앵두네의 모습이 바로 떠올랐다. 간에 옴이 올라 긁지도 못할 할망구. 이것이 앵두네에 대한 공생원의 평가였다. 앵두네가 공생원에게 딱히 해를 끼친 것은 없었다. 그런데도 공생원은 그녀의 그악스러운 성품을 질색해했다. 매번 자신을 주눅들게 하는 칼칼한 눈빛에다가, 오랜 세월 장사하며 몸에 밴 계산속하며, 세상을 손바닥에 올려놓고 내려다보는 듯한 자신감. 심상하게 흘린 말 한마디에도 구린 속내가 숨겨진 듯한 앵두네였다. 손해볼 일은 결코 하지 않는다는 그녀의 홍정은 공생원도 익히 봐온 터였다. 백발의 요괴 같은 그녀의 모습을 얼른 털어버리려는 듯, 공생원은 상투 끝에 힘을 주었다.

순간 시르릉 찰칵 시르릉 찰칵, 어디선가 베틀 움직이는 소리가 아렴풋하게 들려왔다. 예의를 갖춘, 나무의 딸꾹질 같았다.

"조만간 누군가 진솔 고의적삼을 떨치고 다닐 터이다."

공생원이 먼저 알은체를 했다.

"어긋나셨습니다."

단박에 들어오는 반박. 채의가 계속했다.

"작은앵두네가 바지런히 바디를 오르내리며 북을 넣는 소리이기는 할 겁니다. 아마도 글피쯤이면 다 짜일 것이고, 그러고 나면 쪽으로 물을 들이겠지요. 앵두네가 들고 나가 팔 것이 분명합니다."

'한마디, 지는 법이 없다.'

아니꼬워진 공생원이 말머리를 돌려세웠다.

"내자 나이 벌써 마흔하고도 둘……"

"걱정이 되시겠지요. 아무렴요."

'이 자식이 감히 누구 말을 잘라먹는가 말이다.'

"알려드린 대로 주의할 것만 주의하면 별 탈은 없을 것으로 압니다."

"서의가 혹시……"

"그 인간 안됐습니다."

하나, 안됐다고 걱정하는 표정이라기에는 채의가 흘리는 웃음이 능글맞았다. 어쨌든 경쟁관계에 있는 서의였다. 채의에게 득이 되면 득이 됐지, 해가 될 것은 없는 일이었다. 비위가 상할 수도 있는 표정이었지만, 공생원은 제 말이 또 잘려나갔다는 사실에만 신경을 쓰느라 그 웃음을 놓쳐버렸다.

'이 자식이 번번이……'

서의가 명의의 탈을 뒤집어쓴 돌팔이라면 채의는 그 반대였다. 하는 짓만 보면 어디 산속에서 개나 두들겨 잡다 온 것처럼 보이지만, 속은 잘 영근 이삭 같아서 모르는 것이 거의 없었다. 서너 달 전, 낙선방 동평관東平館에 묵고 있던 왜의 사신이 병이 나는 바람에 내의가 진찰, 처방한 적이 있었다. 한데 낫기는커녕 온몸이 쑤시고 아픈 것이 외려 심해져 조정에서까지 문제가 되었다. 보위에 오르고 다섯 해 만에 부산포와 제포가 왜구에게 함락되는 치욕을 겪은 임금이었다. 때로는 협박하고, 때로는 어르고 달래야 하는 외교의 줄타기가 안 그래도 아슬아슬한데, 혹여 사신에게 변고라도 생긴다면 그 뒷일은 보나마나였다. 조정의 근심은 날로 깊다래지고 있었지만, 그 일을 건너건너서 들은 채의가 별것도 아닌 일에 야단이라는 표정으로 무심히 던진 한마디는, "창혈瘡穴에 써야 할 것을 뜸뜬 곳에 시험하였으니 아무래도 거꾸로 된 것 같다"였다. 그런데 박학다식함 뒤에 따라붙은 뒷말이 가관이었다.

"더 오래, 더 많이 아프겠으나, 죽지만 않으면 될 터. 적당히 고생시켜 보내려는 내의의 속내가 깊다."

채의는 하물며 삼의사三醫司를 속속들이 꿰뚫고 있기까지 했는데, 내의원內醫院의 특이약재 현황이나 전의감典醫監 소속 의원들의 진료성향, 혜민서惠民署의 행정력 같은 것들이 그 내용이었다. 하나 채의가 그런 정보들을 자신의 능력을 과시하듯 정색하고 말하는 것이 아니어서, 듣는 사람들도 흘려듣기 일쑤였다. 그러니 본업인 의술에 관한 것이야 말할 것도 없었다. 진맥은 대충, 침이나 뜸은 설렁이었고, 뭘 물어보면 대답마저도 건성이었다.

공생원이 종기로 고생한 적이 있었다. 그때 채의가 가장 먼저 한 일은 침을 놓은 것도, 약을 처방한 것도 아니었다. 종기 부분에 '狗구' 자를 쓰고 그 둘레에 둥그렇게 '虓호' 자 아홉 개를 쓴 것이었다. 개 한 마리가 호랑이 아홉 마리한테 포위당한 형국이니 곧 잡아먹힐 것이란 뜻이었다. 종기 난 그 자리를 그렇게 내놓고 있으면서 공생원은 어이가 없었다.

"먹으로 쓴 글자가 종기에 효험이 있다는 소리는 금시초문이오만……"

"그야 모르지요."

종기를 째 그 독을 빼낸 후에도 개와 호랑이는 여전히 공생원의 옆구리에서 대치하고 있었다. 한참 후에야 그 이유가 통풍을 위해서였다는 것을 알았고, 한데에 상처를 내놓고 있는 김에 정신집중이나 되라는 뜻에서 글자를 써붙인 요량이라는 것도 눈치를 채었지만, 어쨌든 공생원은 그때의 지극했던 황당함을 잊을

수가 없었다.

그런데 그보다 더 기겁할 빌미를 마나님이 제공했다. 채의로부터 배꼽 성형을 받고 온 것. 부피가 늘어난 공생원의 눈동자가 세상을 다 비추고도 남을 정도였다.

마나님 최씨의 아들 욕심은 공생원조차도 말릴 재간이 없는 영역이었다. 공생원이라고 그 욕심이 덜한 것은 아니었지만, 마나님의 경우는 극성 중에서도 상극성에 속했다. 신혼 초부터 원추리꽃으로 꽃비녀를 만들어 꽂고 다니고, 아들만 아홉을 둔 막선네의 속곳을 훔쳐와 입고 다닌 것은 잔잔한 서막이자 순진한 애교였다. 집 안 곳곳에서 초피나무 향이 진동을 했다. 한기寒氣도 막고, 방향도 되고, 마음에 안정도 주고, 게다가 다산의 의미까지 품고 있으니 그 뜻이야 나무랄 것이 없었지만, 무슨 중국의 후비后妃도 아닌 터에 향내 풀풀거리는 방에 퍼질러앉은 마나님이 공생원의 눈에는 심히 거북살스러웠다. 보름달이 뜰 적마다 그 기를 받아야 한다면서 무리하게 숨쉬기를 하다가 혼절한 적도 있었다. 마나님을 들쳐업어나른 날이면 공생원은 식은땀을 흘리며 잠에서 깨곤 했다. 그게 다가 아니었다.

"보셔요, 새겨들으셔야 합니다. 글피 아흐레쯤이면 이번 달거리가 끝이 나니 그 이후로 1, 3, 5가 들어가는 홀숫날은 절대로 술을 드셔서는 아니 됩니다. 정신을 집중하고 몸을 정갈히 하는데 더욱더 유념하셔야 합니다."

"그 말 한 번만 더 하면 백이 차오."

"그리고 박참봉한테 가서 기르는 수탉 중에 제일 세고 튼실한 놈의 꽁지깃을 세 가닥만 뽑아달라고 말을 놓아보십시오. 혹여 계집아이를 품게 되더라도 그 깃이 아들로 바꿔준답니다."

"기곤이 그 자가 공짜로 뭘 주는 사람이 아닌데……"

"말 흐리지 마십시오. 어떻게든 구해오셔야 합니다. 또 어디 아는 무관 하나 없겠습니까? 활시위를 백 일 동안 허리에 띠면 좋다고 하니……"

"내가 아는 무관이 어디 있다고……"

"도낏자루는 만들 줄 아시지요?"

"그건 또 왜?"

"명례방엔 살구나무는 널렸어도 어찌 복숭아나무 기르는 집은 이리 드문지. 수소문 중에 있으니 머지않아 동쪽으로 뻗은 실한 가지를 구할 수 있을 겝니다. 그 동도지東桃枝로 당신이 직접 도낏자루를 만들어서 저에게 주셔야 합니다. 아시었습니까? 자식은, 그것도 아들은 저 혼자 낳는 것이 아닙니다."

그러면서 공생원을 볶아댔다. 그것 말고도 또 여러 가지가 있었다. 알고 보니 어디서 『보양지葆養志』라는 책까지 필사해와 달달 외우고 있었다. 공생원도 호기심에 한번 펼쳐본 적이 있었다. 도대체가 정신 사나운 구절 천지였는데, 한 문장이 눈에 띄었다.

"도원경桃源境 어데메 머물까 하니 한 치 두 푼 깊이라."

공생원의 머리로는 도무지 이해할 수 없는 대목이었다. 그 말이 씨 뿌릴 자리를 의미한다는 걸 고지식한 공생원이 알 턱이 없었다. 어쨌든 공생원은 그때부터 마나님을 거의 포기하고 있었다.

그런데 이번엔 인위적으로 배꼽의 모양까지 다듬다니! 공생원은 당혹스러움에 입을 다물 수조차 없었다. 공생원이 보기에 마나님의 배꼽은 그리 얕은 편은 아니었다. 하지만 살구씨가 들어갈 만큼 크고 깊어야 아들을 많이 낳는다며 여러 날 끌탕을 하더니만, 결국 불뜸질로 배꼽을 속으로 더 밀어넣고 온 것이었다. 그때 공생원은 마나님의 아들에 대한 집착이 안쓰럽다기보다, 배꼽에 불 피우는 일마저 마다하지 않는 그녀의 극성스러움이 무서웠다. 제 살에 불까지 놓은 마나님의 다음 진도는 상상을 초월했다. 그런데도 자식은 생기지 않았다. 결국 마나님은 의욕을 잃고 두어 해 전부터 눈에 띄게 배슬거리기 시작했다. 그렇다고 그만둔 것은 아니었다. 여전히 달을 따라다녔고, 살곶이까지 원정을 가서 아들만 열둘을 두었다는 하남댁의 속곳을 얻어왔으며, 날짜를 따지고 먹을거리를 꼼꼼하게 가렸다.

공생원은 마나님이 배꼽을 바꾸고 온 그날의 정황이 궁금했다. 아무리 의원이라 해도 아녀자가 외간남정네 앞에서 배꼽을 드러냈다는 사실을 도저히 견딜 수 없었다. 하여 속내를 캐기 위해 은근슬쩍 말에 요령을 부렸다.

"자네! 배꼽은 무사한 게요?"

"아물었다고 하지 않습니까?"

"손독은 안 올랐소? 채의가 이래저래 주물렀을 것인데……"

"……"

"왜 아무 말이 없는 게요?"

"주물렀다는 말이…… 좀 그렇습니다."

그 말을 하는 마나님의 얼굴이 순식간에 발그레해졌다. 볼의 얽은 자리가 도드라져 보였다.

'무언가 켕기는 게 있다!'

공생원의 이마에 맺힌 땀이 망건 틈을 비집고 흘러내리기 시작했다.

"치맛말기를 잘 여며야 했을 텐데. 아무리 의원이라도 사낸데 흘러내리기라도 하면……"

"너무 단단히 묶어서 배꼽 아래에 자국이 다 생겼습디다."

확인할 수 없는 말이었다. 자국이 있었대도 벌써 사라져버리고 없을 만큼 시간은 충분히 흐른 뒤였다. 공생원은 마나님이 용의주도한 사람이었나, 즉흥적인 사람이었나, 잠시 되짚어보았다. 하나 딱히 생각나는 것이 없었다. 공생원이 다시 물었다. 처음부터 이루 말할 수 없이 궁금했지만, 차마 묻지 못한 질문이었다.

"뜸뜨는 데…… 얼마나 걸린 게요?"

마나님이 벌떡 일어섰다. 입을 앙다무는가 싶더니 매운 목소리로 답을 했다.

"열나절 뜹디다, 열나절……"

그러고는 방을 나가 소리나게 문을 닫았다.

'방귀 뀌고 냄새 피운 것이 누군데……'

공생원도 노여워졌다. 그래도 자신은 '야매野妹'만은 입에 담지 않으려고 부단히 애를 썼다는 생각에서였다. 산파들 중에 부녀자를 상대로 특정한 진료를 하는 경우가 더러 있었다. 물론 불법이었지만, 같은 여성으로서 처신이 자유롭다는 점에다가 의원에 비해 진료비가 저렴하다는 장점 때문에, 관의 단속에도 불구하고 끊어지지 않고 있었다. '재야에서 활동하는 누이' 혹은 '변두리에서 노는 언니'라는 뜻의 '야매'도 그래서 생긴 별명이었다. 하지만 그만큼 피해자도 연속 생산이었다. 눈 밑의 염소똥만한 점을 빼다가 실명을 한 처녀부터, 배에 불뜸을 뜨다 내장에 화상을 입었다는 아낙, 심지어 천포창天疱瘡을 낫게 한다고 염증으로 슬어가는 아랫도리에 끓인 수은의 증기를 쐬다가 불임된 처자에 이르기까지, 그 실상도 각양각색이었다. 공생원은 마나님이 야속했다. 속맘이야 왜 채의 대신에 야매를 수소문해보지 않았느냐는 말을 하고 싶었는데도, 순전히 마나님만을 위해서 그 말을 꺼내지 않은 자신의 진정을 마나님이 몰라주어서였다.

하지만 공생원이 미처 깨닫지 못한 것이 있었다. 그것은 그가 마나님에게 빈말로라도 아프지는 않았는가, 라고 묻지 않았다는 사실이었고, 그로 인해 마나님이 적잖이 서운해했었다는 속사정이었다. 공생원으로서는 그럴 수밖에 없었다. 그는 철이 들면서부터 언제나 배가 뜨거운 채로 살아왔다. 불붙은 배꼽의 심지를 바짝 조이면 푸식푸식 자지러지다가 한순간 폭발할 것 같은 긴

장감이 육화되어 있었다. 그러니 공생원은 그 열기를 충분히 이해했고, 하여 굳이 물을 필요를 느끼지 못했던 것이다. 그 불편한 뜨거움은 마나님이 처음 차려준 밥상머리에 앉는 순간, 썩둑 잘라져나갔다.

문 닫힌 방 안은 금세 더워졌다. 열 오른 몸에서 누린내까지 뭉게뭉게 피어올랐다. 공생원은 슬그머니 일어나 소리 안 나게 다시 문을 열었다. 검푸른 빛과는 다르게 밍근한 저녁 바람이 발깍 몰려들었다. 목물에의 욕구가 강하게 밀려들었다.

"하나…… 오늘은 글렀다."

공생원이 마음을 구겨 처마 그림자 속으로 집어던졌다.

"생원나리! 아까부터 계속 미루시는 말씀이 무엇인지 여쭈어도 되겠는지요?"

공생원은 뜨끔했다. 마치 심장의 한 귀퉁이를 개미에게 물리기라도 한 것처럼.

"저……, 배를 지지는 일이 나중에라도 무슨 문제가 되지는 않겠소?"

헤부죽.

"지진 것이 아니라 뜸이지요. 시속의 지지는 것과 약방의 뜸이 어찌 같겠습니까? 알려면 바로 아셔야 합니다."

이기죽거리는 말투와는 달리 면보에 침구鍼灸를 가지런히 늘어놓고 물기를 말리는 채의의 손길이 분주하면서도 정확했다.

채의는 결벽에 가까운 성질을 가진 이였다. 환자를 볼 적마다 손을 씻었고, 한 번 사용한 기구는 반드시 소독했으며, 마시는 물도 한겨울이 아니면 꼭 끓여 마셨다. 그 결벽이 무심하게 봐서는 잘 드러나지 않는다 뿐이지, 청결을 향한 채의의 노력은 거의 병적인 수준이었다.

"생원께만 알려드리자면, 제 아내도 그렇게 하고 아들을 낳았지요."

헤부죽, 헤부죽.

마나님 정도는 아니어도 채의의 아내 방씨 역시 아들을 심하게 밝혔다. 하나 두 딸 아래로 아들 하나를 얻은 뒤로는 더이상의 욕심을 접었다.

방씨는 채의에 비한다면 모든 것이 반대였다. 빈틈없고 자로 잰 듯한 말주변과는 달리 행동은 허술했다. 뛰어난 기억력을 자랑하면서도 물건 잃어버리는 데는 선수라, 심지어는 마실가서 제 아이를 두고 온 적도 여러 번이었다. 그리고 어미 젖꼭지 찾는 눈먼 강아지마냥 움직임이 산만했다. 그래도 채의 부부는 금실이 좋았다. 서로의 부족한 점을 탓하기보다는 넘치는 면을 흡족해해서 크게 다투는 일도 없었다. 말라비틀어진 멸치 꼴의 채의와 풍만하고 기름져 보이는 방씨는 체격의 조합으로만 보면 공생원 부부와 별다를 게 없었다. 급을 나눈다면 차이가 지겠지만, 그래도 공생원은 채의 부부를 볼 적마다 적잖이 위로를 받곤 했다.

"안팎으로 저를 거치셨으니 믿고 기다리시기만 하면 됩니다."

'무어라?'

거치다? 복잡한 단어였다. 그것도 안팎으로? 농담과 진담의 경계가 모호한 말이었다. 공생원은 약이 올랐다. 함정 주변을 바쁘게 돌면서도 결코 걸려들지 않는 사냥감을 보는 심정이었다. 공생원이 골똘해졌다.

참봉 박기곤

말복이었다. 천지가 화끈거렸다. 하늘이 뜨거운 햇볕을 떼어내 아래로 버렸다. 떨어진 햇볕은 성을 내며 땅을 밟았고, 그 서슬에 땅이 풀썩풀썩 마른재채기를 했다. 공생원의 마흔다섯 평생 처음 겪는 무더위였다. 박우물에서 퍼올린 물도 뜨뜻했다. 아무리 끼얹어도 체온은 내려가지 않았다. 열기는 한밤중이 되어서도 여전히 지글거리면서 오장육부를 익혔다. 녹아내리는 것들이 많았다. 그리고 그것들이 살갗을 뚫고 나와 방울방울 맺히는 동안 편두통이 찾아왔다. 마나님은 하얀 무명띠로 이마를 있는 대로 조이고서야 간신히 잠이 들었다. 벌레들도 견디지 못했다. 새벽녘마다 발라당 뒤집어진 잡색의 망측한 주검들이 스물도 넘게 등장했다. 마나님 성화에 마지못해 치우기는 하면서도, 공생원은 그것들의 군시러운 움직임이 느껴져 진저리를 치며 몸을 긁었다.

뱃속에 아기를 품으면서 체온이 올라간 마나님은 삼복더위까지 덮쳐오자 땀벌창이 된 몸을 가누지 못하고 거의 실신에 이를 지경이었다. 보는 공생원도 고역이었다. 밥상만 간신히 들여놓고 안방에 누워 헐떡이는 마나님을 들여다보고 나니, 입맛이 확 가셔서는 몇 술 뜨다 말고 물려버린 터였다. 공생원은 그저 코앞에서 들끓고 있는 더위가 영원하지 않다는 사실에 위로를 구할 뿐이었다.

마당 한가운데 있던 평상을 국수나무 그늘 아래로 옮겨놓고 그 위에 올라앉아 서책을 펼쳤지만, 공생원의 눈은 자꾸만 글자를 거부했다. 더웠다. 뜨거운 하루를 또 어찌 지내야 하나, 산그늘로 숨어들자니 산까지 갈 일이 엄두가 안 나고, 물속으로 젖어들자니 체면이 아니었다. 이렇게 저렇게 궁리를 하는데, 불쑥 사람이 들어섰다.

"이보게, 공생원!"

박기곤이었다. 턱뼈가 빠지게 하품을 한 뒤라 커다란 눈에 눈물이 가랑가랑했다. 더위보다 졸음이 난감하다는 인사니, 그 잘난 거리를 걸어오는 동안에도 얼마나 하품을 해댔을지 짐작하고도 남았다.

"아침부터 어인 행차신가?"

"오시午時에 우리 집에 좀 다녀가게."

"등청 안 하는가?"

"복날마다 번을 정해 쉬질 않는가? 오늘이 내 차례네. 잊지 말고 오게."

공생원은 캐묻지 않았다. 종종 있는 일이었다. 박기곤은 제 아내에게 잔소리 들을 만한 일을 저질렀거나, 아이들 등쌀을 피해야겠거나, 혼자 놀기가 심심해졌거나 하면 어김없이 공생원을 찾곤 했다.

박기곤은 군자감軍資監의 참봉參奉이었다. 군자감이란 군량미 같은 군수품을 저장, 관리하고 그 출납을 책임지는 관청으로, 광통교廣通橋의 본감本監, 용산강의 강감江監 그리고 숭례문 안 송현松峴의 분감分監, 그렇게 세 군데로 창고가 나누어져 있었다. 그중에서 한강의 물길을 이용하는 지리적인 특성상 강감의 규모가 제일 커서 보관된 군량만 해도 삼십만 섬가량이었다. 박기곤은 송현 분감 소속이었다. 콩떡 한 조각만 있어도 자랑하려 드는 그의 소갈머리를 보면 강감 정도는 되어야 성에 찰 일이었지만, 박기곤에게 강감은 아무래도 벅찬 축에 속했다.

바로 갈 줄 알았던 박기곤이 평상에 궁둥이를 걸치는가 싶더니만 벌렁 등을 대고 누워 비비적거렸다. 그러곤 게으름이 닥지닥지 내려앉은 속눈썹을 끔뻑이며 중얼거렸다.

"어어! 이어도여, 이어도여!"

'또!'

걸신들린 식충이마냥 먹을 거라면 사족을 못 쓰는 박기곤은 제 입에 관한 일을 제외한 모든 면에서 게을렀다. 게을러, 게을러, 얼마나 게을러터졌는지 명례방 제 집에서 송현까지가 멀다 하여 주로 청 내에서 숙식을 해결하고 하일下日에만 집에 다녀가곤 했다. 움직이는 걸 얼마나 싫어하느냐면, 박기곤이 입에 달고 사는 소리가 바로 이어도타령이었다. 제주도의 서남해 어디쯤 있다고들 하는 전설의 수중섬 이어도離於島를, 물질에 지친 비바리도 아니면서 허다한 날 목구멍이 갈라지도록 찾는 이유는 단지 그 섬에 가면 일을 안 하고도 살 수 있다는 소문 때문이었다.

'사내로 나서 고작 일하기 싫은 마음에 이어도나 읊조리는 한심한 인생이라.'

박기곤은 수년 전만 해도 종팔품의 봉사奉事였다. 맡은 일만 착실하게 잘 갈무리하면 탈날 것이 없는 안정적인 자리였다. 하지만 매일같이 다루는 군량미의 양이 하도 어마어마하다보니 점점 간이 배 밖에서 놀아서는 보리 몇 됫박이니, 쌀 두어 섬이니 하는 건 아예 눈에 차지도 않게 되었다. 조금씩, 조금씩 빼돌리다가 그만 직속상관에게 들켜버렸다. 속궁리에 밝은 직장直長 정계번은 대노했다.

"이런 경면鯨面을 당할 놈을 보았나!"

횡령은 자자형刺字刑에 해당하는 심각한 죄였다. 『대명률직해大明律直解』의 규정에 의하면, 팔목과 팔꿈치 사이 각 1촌 5분의 네모 안에 매 획의 넓이를 1분 5리로 해서, '도관전盜官錢'이라는 글자를 먹물로 새겨넣는 형벌이 바로 자자형이었다. 부과하는 목적이야 전과자임을 알려 수치심을 갖게 하고 요시찰로 관리하기 위한 것이지만, 팔뚝에 자자를 하게 되면 문신이 겉으로는 바로 드러나지 않아서 기대만큼의 효과를 얻지 못하는 경우가 많았다. 그래서 생겨난 제도가 얼굴에 자자하는 경면이었다. 하나 경면형은 평생 동안 전과자라는 낙인을 찍고 살아야 하는 가혹함으로 인해 실제로 시행된 경우는 그리 많지 않았다.

"군자감의 공물을 사사로이 유용했다는 것은 아무리 못 해도 우포청에 끌려가 눈물콧물, 침 범벅에 피까지 쏟을 일이라는 것을 몰랐는가? 어쩌면 의금부, 아니 묘당으로까지도 파장을 미칠 수 있는 중차대한 사안이라는 것을 말일세. 어쩔 것인가?"

답을 듣자고 물은 것은 아니었다. 답을 했다 한들 들을 것도 아니었고. 정계번은 비밀리에 닦달을 끝내고, 모쪼록 신중해야 함을 최면하며 동안거와도 같은 칩거에 들어갔다.

'까딱 잘못하면 불똥은 내게 튄다. 부하를 잘못 다스린 것도 죄라면 죄. 박기곤, 뜯어 먹을 놈. 게다가 승차가 코앞이지 않은가. 첨정僉正 신윤무가 광통교 본감의 부정副正으로 발령받아 명을 대기중이니, 그 공석을 채우기 위한 진급이 차례대로 이루어질 것이고, 그렇게 되면 나는 당연히 종육품 주부主簿가 될 터.'

말이 양반이지, 대대로 가난하고 변변한 인물 한번 내보지 못한 한미한 집안에서 종육품의 참상관參上官이라니. 같은 당하관堂下官이라고 해도 육품 이상의 참상관이면 조회에 참여할 수가 있기 때문에, 정칠품 이하의 참하관에서 참상관으로 오르는 것을 승륙陞六이라고 따로 부를 정도로 그 승서에 의미를 두고 있었다.

'참상관의 기회를 눈앞에 두고 있거늘. 박기곤, 발려먹을 놈. 어쩔 수 없다. 없었던 일로 끝을 내야 한다. 관로를 향해 이제 막 열리려는 문을 이리 허무하게 닫아버릴 수는 없다. 양심? 묶는다.'

상관의 처분을 기다리다 지쳐 박기곤의 똥끝이 거의 타들어갔을 즈음, 정계번이 은밀하게 그를 불렀다.

"잘 듣게. 그 일은 없었던 일이네."

"이 은혜는……"

"하나 벌은 받아야겠네. 참봉으로 강등일세. 이유는 셈 실수로 해두겠네."

'녹이 줄겠구나!'

"그리고 하나 더. 성의를…… 좀 보이게."

'명도 줄겠구나! 그것도 무마라고.'

일은 그렇게 갈무리되었다. 그후로 박기곤은 거의 정계번의 수족이 되다시피 해, 정계번이 기피하는 잡다한 공무에서 개인적인 심부름에 이르기까지 온갖 잡일을 떠맡게 되었다. 덩달아 그의 아내 매화댁까지 번거로워진 것 또한 탈이었다. 정계번의 아내 임씨는 무슨 일이든 손만 달리면 매화댁을 불러댔다.

박기곤의 아내 매화댁 한씨는 경기도 남양 매화동 출신이었다. 경기도, 그것도 서해바다 근방 어촌의 처자가 서울토박이 박기곤에게 시집오게 된 데는 박기곤의 셋째숙부 되는 박연창의 공이 컸다. 겨우 두 달 동안에 가족을 모두 잃은 박연창이 살아갈 의욕을 되찾지 못하고, 도성을 떠나 자리잡은 곳이 바로 매화동 와룡산 근처의 바닷가였다. 마마였다, 아들 둘과 딸아이를 연달아 데려간 것은. 그리고 아내의 경우는 무당의 말만 믿고 초겨울 추위에 목욕재계하며 아이들의 회복을 빌다가 얻은 병이 화근이었다. 그는 상당히 오랜 시간을 간조 때는 개펄에서, 만조 때는 흑송黑松숲에서 구름 빚는 일에만 몰두했다. 진심으로 죽고 싶었지만, 자꾸만 살아지는 자신을 자학하느라 달리 할 수 있는 일이 없었다. 결국 그가 깨달은 것은 산 자의 순리였다. 산 사람은 살아야 한다는, 빼개버리고 싶은 순리. 하여 가진 돈 탈탈 털어 어장을 만들어서는 거기에 정신을 팔았다. 그런데 그 어장 일을 성실하게 돕던 이가 어부 강소근으로, 바로 한씨의 계부였다. 처음에 두 사내 사이에 오고가는 것이라곤 어장 일에 관한 것들이 다였다. 하지만 시간이 흘러 끈끈한 우정 같은 것이 생겨나면서는 서로가 내 집, 네 집 구분 없이 식구처럼 정을 붙이고 살게 되기에 이르렀다. 그렇게 밤낮없이 드나들던 강소근의 집에서 그의 의붓딸이 매사에 바지런하고 꼼꼼한 것을 눈여겨본 박연창이 조카 박기곤의 성정에 맞춤한 처자라며 중매를 선 것이었다. 당시 처가 덕을 제대로 보게 된 공생원을 대놓고 질투하던 박기곤이었다. 밑천 하나 없는 촌년을 감히 누구에게 끌어다붙이느냐면서, 사람 기를 올려도 유분수라고 포악까지 떨곤 거절했다.

하지만 박연창은 포기하지 않았다. 박연창이 볼 때 조카 기곤은 옆에서 누가 강단 있게 챙겨주지 않으면 쪽박차기 십상인 인물이었다. 하여 작정을 하고는 한씨를 데려다 박기곤의 눈앞에 세워두고 직접 보게 했다. 그만큼 자신이 있었다. 아니나 다를까, 막상 한씨를 대면한 박기곤은 아무런 타박도 하지 않았다.

"성님!"

매화댁이 마나님과의 첫 대면에서 스스로 결정한 호칭이었다. 말은 맞았다. 나이 차가 넷이었다.

"오는가?"

"알 가져왔어요. 우리 닭이 아침에 뽑은 거예요."

나긋나긋한 목소리였다. 뚝뚝 낮게 끊어지는 마나님의 말투와 달리 매화댁의 소리는 음의 고저와 강약이 뚜렷하면서도 곱고 가늘게 이어졌다. 게다가 또박또박, 사투리 하나 섞이지 않은 모범적인 말본새라니.

"가지 좀 따 가게."

"네, 성님!"

사실 매화댁은 공생원의 마나님 최씨와 하나에서 열까지 죄다 경쟁관계에 있었다. 하지만 아무리 종종거려도 살림 건사하는 데는 배짱 있고 수완 좋은 최씨를 따르지 못했다. 무엇보다도 텃밭 거두는 재주는 마나님 편이 워낙 두드러지는지라, 자신은 닭이며 오리며 집짐승을 잘 길러내는 쪽으로 달리 방향을 잡은 터였다.

"울었는가? 못 잤는가?"

마나님의 질문에는 요점만 있었다. 반면 매화댁의 답은 친절했다.

"울기는요. 그냥 짜증이 나서 잠을 좀 설쳤어요. 눈밑이 새카매서 보기 싫죠?"

"성질 못 다스린 후유증이지."

매화댁이 바지런하고 꼼꼼한 것은 맞았다. 한 팔로 감아도 남을 만큼 작은 체구지만 강단도 있었다. 하지만 박연창이 미처 알지 못한 것이 있었다. 매화댁은 타고난 성정이 예민하고 과민한 여자였다. 박기곤이 워낙 저밖에 몰라 다른 데 관심이 없어 그렇지, 만약 마누라의 일거수일투족에 영향을 받는 사람이었다면 충돌깨나 빚어졌을 것이다. 매화댁의 안달복달 신경질은 마나님의 집중 성토대상이기도 했다.

"아침저녁으로 분꽃을 달여서 그 물로 세수를 하는데도 당최 나아지는 기미가 없네요."

"장하네. 애들이 몇인데 그럴 짬이 나는가? 그만하면 곱네."

매화댁의 얼굴이 대번에 환해졌다. 그녀가 최씨를 두고 내심 견주는 것이 바로 외모와 자식이었다. 꿀풀처럼 오목조목 화사한 얼굴과 일곱이나 되는 아들들. 차마 나서서 자랑하지 못하는 것을 마나님이 먼저 짚어주는 바람에 매화댁은 우쭐해졌다.

연년생으로 내리 아들 넷을 낳고 나서였다. 매화댁은 좀 쉬어 가고 싶었다. 몸이 말이 아니었다. 체력적으로 휘지기도 했고,

배꼽까지 늘어진 젖이며 갈라지는 살갗이 거슬리기도 했다. 하여 여기저기에다 이것저것을 수소문하기에 이르렀다. 먼저 기름에 끓인 수은을 대추씨 크기만하게 만들어 공복에 한 알씩 먹으면 단산 효험이 있다는 소릴 들었지만, 단산은 그녀가 원하는 것이 아니었다. 게다가 위험하기도 했다. 누룩 끓인 물도 있었다. 밀가루로 만든 흰누룩 가루에 술을 부어 양이 반으로 줄 때까지 끓여 졸인 다음 찌꺼기를 걸러 물을 내고는, 그 물을 달거리 예정일의 밤중에 삼분의 일, 이튿날 새벽에 또 삼분의 일, 그리고 나머지를 날이 샌 후 마시는데, 그러면 달거리가 순조롭게 되면서 도움이 될 거라는 속설이었다. 하지만 양 재고 시간 따지고, 번거롭고 귀찮기가 이루 말할 수 없었다. 결국 택한 것이 누에였다. 처음에는 누에알이 슬어붙은 잠란지蠶卵紙를 태워 가루로 만들어 술에 타 먹는 방법을 택했다. 하지만 그것도 문제인 것이, 아무리 약이래도 술은 술인지라 술발 약한 매화댁에겐 썩 만족스럽지 못한 방법이었다. 하여 생누에를 깨물어먹는 적극성을 발휘했다. 아이를, 그것도 박기곤을 닮아서 오묘한 정신세계의 까다로운 사내아이들을 넷이나 겪다보면 무서운 것이 없어지는 모양이었다. 하지만 아이가 도망가기는커녕 그 누에가 아이가 되는 반전이 일어났다. 그것도 한꺼번에 셋씩이나. 쌍둥이로 아들 셋을 더 낳던 날, 매화댁은 이불을 쥐어뜯으며 울었다. 내 팔자야, 내 팔자야, 오진 놈의 내 팔자야……, 하면서.

그래도 그 아들들 덕에 매화댁의 부수입은 쏠쏠해졌다. 아들

많은 여자들에겐 그 입는 것들이 죄다 돈이었다. 속곳은 불티가 날 지경이었고, 신던 버선까지도 복福버선이라는 이름을 붙여 빌려주거나 팔 수 있었다. 게다가 씨앗 뿌리는 날이나 모종하는 날엔, 가서 설렁설렁 도와주는 시늉만 해도 비싼 값에 품을 쳐주곤 했으니 불로소득도 그만한 게 없었다. 물론 아들만 아홉을 둔 막선네에 비할 바는 못 됐지만, 매화댁은 그깟 아들 또 낳으면 고만이라는 생각으로 별반 기가 죽지도 않았다.

"호호, 성님은…… 쑥스럽게……"

가지를 따는 매화댁의 손목이 낭창거렸다.

"자네 신경질은 비린 것이 모자란 까닭도 있네."

아닌게 아니라 매화댁의 비린내 결핍은 심각한 수준이었다. 바닷가에 살 적에는 진저리가 나도록 입에 달고 살았던 생선이 뭍에서는 귀한 축에 들었으니 당연했다. 그녀는 몸을 풀고 나서도 가자미를 함께 고아 끓인 미역국을 찾으며 짜증을 내고는 했다.

"아무래도, 그치요, 성님?"

"그래도 나이를 먹었으면 그 값을 해야지. 되도록이면 봐주고, 어지간하면 참는 게지. 자네 툭하면 그러는 거, 보기 안 좋네. 자식이 하나씩 늘 적마다 속도 커진다고 생색낸 사람이 누군가?"

그랬다. 일곱이나 되는 아들들은 곧 그녀의 자존심이었고 원동력이었다. 하지만 매화댁에게도 그 아들들로 인한 고민이 전혀 없는 것은 아니었다. 정작 아비 되는 박기곤이 애가 들어설

적마다 딸을 기대했고, 번번이 실망을 했기 때문이었다. 그렇다고 해서 박기곤의 부성 자체가 결딴난 것은 아니었다.

그의 작은아들이 산비탈에서 굴러떨어져 엉덩이 살을 찢어먹은 적이 있었다. 아이가 제 어미의 손찌검이 무서워 다친 것을 숨기는 바람에 아무도 알지 못했는데, 하일에 집에 다니러 온 박기곤이 숨어 있던 종창을 잡아냈다. 덧난 상처가 심하게 곪아 있었다. 꾸역꾸역 참고 있었던 아이의 고통은 부모가 알은척을 하고부터 배가되었고, 엉덩이 부근에 손기척만 느껴져도 잔지러졌다. 순식간에 열이 올라 헛소리까지 하는 아이를 박기곤이 안고 뛰었다. 하지만 지척의 채의가 왕진을 가고 없어서 박기곤은 멀리 서의를 향해 더 뛰어야 했다.

들이닥친 박기곤을 보고 잠시 쭈뼛거리던 서의가 안달하는 부성에게 말을 걸었다.

"혹 나를 아시오?"

"예? 예?"

"느릅을 아시느냐 말이오?"

"예? 예?"

"이걸 곱게 찧으시오."

서의가 아이의 엉덩이를 들여다보는 동안 박기곤이 나무의 껍질을 찧었다. 그리고 그 꼼꼼한 공이질이 절박한 부성을 진정시켰다. 짓찧어진 덩어리가 아이의 엉덩이에 놓였다. 사흘 후, 상처에서 고름이 다 빠져나왔다. 두덩부터 아물더니 곧 새살이 돋왔고, 한 달쯤 지나고 나선 손톱만한 흉터만 남기고 말짱해졌다. 박기곤이 서의에게 얼마나 수선스런 고마움을 전했는지 모른다. 그리고 그때, 어미도 아니라며 자학하는 매화댁을 다독인 것도 박기곤이었다.

촘촘한 흑립에 엷은 하늘색 창옷을 내려입은 공생원의 얼굴이 떨떠름했다. 오시에 맞춰 나오기는 했지만, 아무래도 내키지가 않았다. 박기곤을 상대할 기운이 자신에게 있을 성싶지 않다는 생각에, 두어 번인가 걸음을 뒤로 물리기도 했다. 하나 집에 들어앉아 늘어진 마나님만 흘깃거리는 것도 못 할 짓이었다. 그렇다고 열천에 딱히 갈 만한 곳도 없으니, 답은 하나였다.

'기곤이 이 자식이 오늘은 나를 좀 살게 내버려두었으면 좋겠는데……'

박기곤은 눈 하나만 보면 순수 그 자체였다. 맑고 투명하고 윤곽이 확실한 눈동자가 압권이었다. 세상의 어여쁜 것, 순한 것, 선한 것만 담길 것 같은 눈이었다. 하나 실상은 느물느물하고 유들유들하기가 정수리에 기름종지 엎어놓은 것 같은 인물이었다. 창백하면서도 번쩍거리는 낯빛이 한눈에도 버거웠다. 어려서도 공생원은 박기곤에게 늘 당하고만 살았다. 같이 장난치다 사고를 내도 공생원이 혼자 덤터기쓰기 일쑤였고, 하지 않은 일의 누명까지 억울하게 감당한 적도 여러 번이었다. 게다가 박기곤이 어찌나 인색하고 욕심 사나운지, 공생원은 박기곤을 일러 벼룩의 간은 물론, 모기 다리의 피라도 뽑아먹을 놈이라며 질려했다.

오래 전, 공생원이 마나님과 혼례를 치르기 한참 전, 공생원의 부친 공령이 밤나무에서 떨어져 크게 다치는 바람에 급전이 필요했을 때였다. 다행히 그 돈을 박기곤이 마련해주긴 했지만, 고리업자 장삿속도 아닌 터에 본전 외에 붙인 이자가 가관이었다. 공생원네가 더부살이하던 공희달의 집 뒤란에 실한 대추나무가 있었는데, 그 소출을 이태 연거푸 쓸어가겠다는 통보였다. 과목이자果木利子라 해서 아주 없는 일은 아니었지만, 그래도 고약한 심보였다. 그 대단한 우정 때문에 공생원은 한동안 큰집 식구들 앞에서 오금도 펴지 못할 정도로 주눅이 들어야 했다.

"거지 누더기 틈의 볕살 꼴도 차마 못 볼 자식. 사람의 거죽을 뒤집어쓰고 어찌 나한테……"

그때 공생원이 박기곤의 집을 나서면서 중얼거린 말이었다. 그리고 훗날 마나님을 붙들고 그 나머지를 이어갔다.

"박참봉, 기곤이 그 자식은 이만도 못한 놈이오."

공생원은 한낱 미물인 이에게도 의로움이 세 가지나 있지 않은가, 고 부연했다. 언제 어디서건 머리를 북쪽으로 놓고 움직이니 그 절개가 가상해서 절의節義, 매정한 사람보다 정이 많은 사람을 선호하니 그 성정이 다정해서 정의情義, 마지막으로 저를 살려준 이에게 반드시 보답하니 그 마음이 기특해서 은의恩義, 그렇게 말이다. 한데 박기곤은 그 삼의三儀 가운데 하나도 갖고 있지를 못하니, 이보다 못한 인사라는 결론이었다.

귀담아듣던 마나님이 잠시 갸우뚱하다가 물었다.

"그런데 이가 어떻게 보답을 한답니까?"

"좋은 질문이오. 추운 날 동사하기 직전의 이를 옷에 품어 살려주면, 그 이가 살아나서는 저뿐만 아니라 그 몸속에서 이미 흡혈중이던 다른 이들까지 죄다 인솔해 나가버린다, 그 말이오."

"당신은 그런 소리 다 어디서 주워들으시는 겝니까?"

"주워듣기는. 많이 읽다보면 여기저기서 걸려드는 게요."

"우리 서방님, 대단하십니다."

박기곤이 던져준 이 한 마리로, 공생원은 모처럼 마나님 앞에서 식견을 뽐낼 수 있었다.

공생원이 박기곤을 두고 하는 말 중에 하나를 더 들자면, 그것은 '오랑캐 주둥이'였다. 박기곤의 고기 취향을 두고 하는 소리였다. 오랑캐가 즐기던 요리 가운데 맥적貊炙이라는 소고기구이가 있는데 그것이 거쳐거쳐 멱覓이란 이름의 불고기로 계승되고 있었다. 한데 그 요리법이 어찌나 섬세한지 공생원은 마나님에게 언감생심 말도 못 꺼낼 정도였다. 소고기라는 것이 쉬이 구할 수 있는 것도 아니었고, 게다가 자기 손으로 해 먹을 위인도 아니니, 공생원은 그저 박기곤이 부럽기도 하고 얄밉기도 하고 그랬다.

박기곤이 불고기를 해 먹는 모습을 들여다보자면 먼저 불을 피우는 첫 단계부터가 갸륵하기 이루 말할 수 없었다. 숯불을 재빨리 피우고 그 위에 재를 얇게 덮은 다음 석쇠에 살코기를 얹는다. 그것도 가지런히. 그러다 고기가 지글거리며 익기 시작하면 반숙된 상태로 들어내어 찬물에 담갔다 굽기를 무려 세 번이나 반복한다. 그 세번째에서 소금, 간장, 소주, 기름, 식초, 파, 마늘로 양념을 칠해 구워 먹는데, 그때 모셔두었던 귀한 후추까지 대령한다. 그게 다가 아니다. 거기에 기름이 새나가지 말라는 뜻에서 들깨꽃을 말려 곱게 바순 가루를 뿌린다. 게다가 매번 숯불의 강도며 잿불의 두께, 불이 쬐어지는 거리와 석쇠의 열전도율 등을 다르게 맞춰 방, 외, 오, 퇴, 삼, 식, 홍, 단, 염, 설, 암, 낙 등으로 구별해 먹으니, 박기곤이 침을 튀겨가며 그 비법을 설명할 적마다 공생원은 정신이 아득해지곤 했다.

하지만 개기는 것으로는 누구에게도 뒤지지 않는 천하의 박기곤도 곤란에 난감한 일이 딱 하나 있으니, 성명방 개이 사건이었다. 그 말만 나오면 일부러라도 아내 매화댁 앞에서 설설 기는 척을 했다. 개이는 남부학당 훈도訓導 손하림의 막내딸로 한 번 피가 나기 시작하면 웬만해선 잘 멈추지 않는다는 희귀병으로 열세 살에 죽은 가여운 처녀였다. 한데 딸이 죽고 오 년이나 흘렀어도, 딸에 대한 한을 접지 못한 손하림이 조용히 명혼冥婚 자리를 알아보고 있었다.

"내 딸이 비록 귀신이기는 하나 그래도 사위는 사위이니, 딸아이 몫의 유산을 물려주겠다."

그 말을 전해들은 박기곤이 앞뒤 가리지 않고 바로 자천했다.

그것도 말짱하게 총각 행세를 하고서. 하지만 후보로 나선 이가 한둘이 아니었다. 명혼으로 맺어진 암사돈의 덕을 보겠다고 집안 차원에서 나선 경우도 있었다. 손하림이 굳이 나서지 않아도, 후보들끼리 서로의 뒤를 캐고 알아서 밀어 떨어뜨렸다. 박기곤도 얼마 가지 못했다. 손하림과 구체적인 면접도 보기 전에 매화댁이 알아버린 것이었다. 후보 중의 누군가가 일러바쳤겠지만, 박기곤은 끝내 색출해내지 못했다. 하늘을 찌르는 매화댁의 분노 수습에 매진하느라 그럴 짬이 나질 않았다. 쌍둥이를 낳기 전이었으니, 아이가 넷일 때였다. 매화댁은 그 조막만한 아이들을 양쪽에 둘씩 앉혀놓고 극약 사발을 박기곤 앞에 들고 흔들며 다같이 죽어버리겠다고 발악을 했다. 한번 해보는 협박으로 넘기기에는 서슬이 오를 대로 올라 있었다. 박기곤이 무릎을 꿇고 빌었다. 그때까지 살아온 박기곤의 인생을 총정리해보건대, 박기곤이 그리 빨리 움직여본 적이 처음이었다.

그 일을 떠올리니 공생원은 고소한 마음이 들어 저절로 입이 헤벌어졌다.

'박가 그 자식, 으흐흐흐! 기곤이 그 자식, 으흐흐흐!'

다른 욕이나 수식어 같은 것을 더 붙여넣는다면 제대로 시원한 문장이 될 텐데도, 공생원은 소심하게 고작 자식, 자식 하면서 조그맣게 웃기만 했다. 그래도 공생원의 발걸음이 훨씬 가벼워졌다.

공생원은 앵두네 맞은편 골목 막다른 지점에 있는 단출한 규모의 와가 앞에서 걸음을 멈췄다. 웬일로 집 안이 조용했다. 안을 기웃거리는데, 사덕이 뒤란을 돌아나오다가 공생원을 보고는 달려와 인사했다.

"오셨세요?"

말이 노비지, 여종 사덕은 쉰이 넘은 아낙으로 매화댁이 둘째를 가졌을 때부터 함께 살았고, 매화댁이 믿고 의지하는 것으로 치면 거의 친정어머니에 버금갔다.

"다들 어디 갔는가?"

"천렵 갔세요. 형제 일곱에다 부금이까지 죄다 갔세요."

더벅머리 부금은 매화댁의 큰아들보다 두 살이 많은 총각으로 외거노비外居奴婢였다. 박기곤이 아무리 자신 말고는 다른 데 관심을 두지 않는다지만, 그래도 자기 아내의 미모가 어느 정도인지는 파악할 만한 깜냥은 되었다. 그러니 그게 식구든 노비든, 그 어떤 명목으로든 붙박이로 사내를 집 안에 둘 수는 없었다.

"이 더위에 사내들은 놀러가고 자네만 남아 일인가?"

"어쩌겠세요?"

사덕도 못 따라간 자신의 처지가 못내 아쉬운 모양이었다.

자지러지는 매미 소리마저 뚝 끊어져, 완전하게 연출된 고즈넉함이 낯설었다. 그래도 각 연령대의 사내들이 우글거리는 집안답게 툇간 앞뜰이 어수선했다. 군데군데 파헤쳐진 땅에 다양한 크기의 작대기들이며, 혼자 굴러다니는 멀쩡한 항아리 뚜껑이며, 뭐가 담긴 것인지 모를 자루며, 삐죽삐죽 솟아난 짚공 따위가 어질러져 있었다.

'이것이…… 사람 사는 진정한 모양이라.'

공생원은 이레 전에 경험한 태동을 떠올렸다. 자는 줄 알았던 마나님이 갑자기 그의 손을 끌어 배 위에 얹어놓은 순간, 손바닥으로 미세한 진동이 흘러왔다. 마치 맥박이 자신의 몸 밖에서 뛰고 있는 느낌이랄까. 소스라치게 놀라서 손을 떼었다.

"어찌 그러십니까? 징그러운 벌레라도 스친 것처럼……"

마나님이 무겁게 돌아누웠다. 하지만 공생원은 어쩐지 두려웠다. 자식의 존재를 믿지 못한, 아니 부정하기까지 한, 그런 아비로서의 죄책감 때문이었다.

'더 잘해주리라. 당장 지금부터 마음을 잡아야 할 것이라. 나도 사람답게……'

하는데, 박기곤이 발 아래로 상을 들이밀었다. 공생원을 툇마루에 앉혀놓고 사라졌다가 한참 만에야 나타난 그였다. 백숙이었다. 샛노란 기름방울이 오종종 떠 있는 뽀얀 육수에 모가지 없는 닭의 숭숭한 엉덩이가 꽤나 도발적이었다.

"삼지구엽초를 넣어 끓였다네. 사내들한테 좋거든. 의원에선 음양곽이라고 아예 이름까지 따로 지어놓고 약재로 쓴다네. 들게."

공생원은 아연했다. 박기곤의 친절한 설명도 그렇거니와, 나아가 그가 자신에게 무언가를 대접한다는 것부터가 충분히 놀라울 일이었다.

"성현 말씀에, 오륜 중에서 사람이 살아가는 데 아무런 해가 없이 유익한 점만 있는 것, 정말로 털끝만큼의 고통도 없고 오직 물처럼 담박한 즐거움만 있는 것, 그것은 오로지 붕우朋友뿐이다, 그런 게 있네."

'어쭈!'

"그 이유를 들자면 첫째는 평등하기 때문이고, 둘째는 자유롭기 때문이며, 셋째는 자기 뜻대로 할 수 있기 때문이라고 하는구먼. 한데 붕우지간인 자네와 내가 함께 즐거울 일이 거의 없질 않았는가? 어렵게 가진 아이를 축하할 겸, 내가 팍팍하게 굴었던 것들도 면피 좀 할 겸, 겸사겸사."

공생원은 감동이었다.

'기곤이 이 자식이…… 나잇값을 하려나보다. 남 생각도 하고.'

공생원은 황감한 마음에 목이 메어 잠시 그대로 있었다. 그러고는 울먹울먹한 심정으로 축축해진 콧구멍을 진정시키고 나서야 젓가락을 들었다. 그는 제일 먼저 닭의 껍질을 벗겨내 건져 옆으로 밀어놓았다. 공생원은 닭은 반드시 껍질을 벗겨서 먹었다. 오톨도톨한 닭의 피부가 마치 죽음의 공포를 이기지 못하고 돋아난 소름처럼 보이는데다 물컹거리는 이물감이라니, 도저히 삼킬 수가 없었다.

공생원의 신중한 손놀림을 지켜보던 박기곤이 못마땅하다는 듯 시비를 걸었다.

"자네는 단구短口인가, 허구虛口인가? 아니면 무구無口인가?"

"그것이 무슨 소린가? 어디에 나오는 말씀인가?"

"자네도 잘 아는 참봉 박기곤의 구론口論에 나오는 말씀이네."

"무어라?"

"단구라 함은 입이 짧은 나 같은 치를 이름이네. 짧으니 오래 가지 않지. 하나 호불호가 분명하니 명쾌하다는 장점은 있네. 허구라 함은 내 아들새끼들처럼 언제나 비어 있는 입을 이름이네. 끊임없이 무언가를 쑤셔넣지 않으면 살지 못하지. 이 또한 장점은 있으니, 양만 충족된다면 질적인 면은 크게 문제삼을 일이 없다는 것이 그것이네. 하면 무구는 무어겠는가? 좋은 것도 싫은 것도 없는 치를 이름이네. 내가 볼 때 이 치들이 제일 골치네. 도대체가 만족이라는 게 없거든. 한데 자네는 어느 한쪽으로 몰기에는 무리가 좀 있네. 아무래도 단구형 무구, 아니지, 무구형 단구 같구먼. 최악일세."

공생원의 밥맛이 나락으로 떨어졌다.

'닭 껍질 좀 벗겨냈기로서니, 고작 질겨빠진 노계 한 마리에 지나친 생색이라.'

"듣기 싫은가? 아까운 걸 죄다 골라내니 농 삼아 해본 소리네. 개의치 말고 들게."

'이 자식이! 분명히 더위 먹어 폐사한 닭으로 인심 쓰는 게 분명하거늘, 어디서 그따위 말을 농이라고 던져놓고 구렁이 담 넘

어가듯 넘어가려고.'

"들래도."

"기회가 닿으면 한번 뵙자고 청을 넣어주게."

"누구를?"

"구론을 지으셨다는 참봉 박기곤 말일세."

"무어라?"

"거기에 하나를 추가해야 한다고 조언 좀 할까 해서 말이네. 유구唯口라고, 이 세상에 제 입만 있는 줄 알고, 그저 만날 제 입 밖에 모르는 치를 이름인데, 내 친구놈 중에 딱 그런 종자가 하나 있어서 말이네."

이번에는 박기곤의 입맛이 지옥으로 떨어졌다.

'한낱 날짐승에 불과한 까막까치도 먹여준 은혜는 안 잊는다는데……'

'말만 잘하면 천 냥 빚도 갚는다는데……'

'공가 이놈은 고마운 줄도 모르는 소인배다.'

'기곤이 저 자식은 말 한마디로 없던 빚까지 떠안을 궁량이라.'

입 밖으로 소리내지 않아도 다 알아듣겠는 속말들을 주거니 받거니 하는 동안, 공생원은 결국 그릇을 비웠다. 하지만 속이 느글느글했다. 기름기가 위벽에 들러붙은 것 같았다. 물만으로는 씻겨내려가지 않을 것이었다. 공생원은 저녁에 개운하게 국수를 말아야겠다고 작정하면서 천초 조각을 하나 집어 먹었다.

미지근한 석박지를 대신한 입가심이었는데, 하필 약이 오를 대로 오른 놈이었다. 혀를 반쯤 내밀고 식히는 공생원을 박기곤이 거들었다.

"혓바닥이 막 튀네. 간만에 보양하고 기운이 솟는 모양일세."

잘 먹었네, 잘 가게, 맘에 없는 인사가 대충 끝나고, 서둘러 대문을 나서는 공생원을 박기곤이 불러세웠다. 그러고는 내키지 않는 표정으로 종이에 도로로 만 것을 내밀었다.

"선물일세."

'이 자식이 이번엔 무엇으로 사람 속을 뒤집으려고.'

풀어보니 칡줄이었다. 제 숙부인 박연창에게 특별히 말을 놓아 구한 것이라고 했다.

칡줄은 칡뿌리와 실을 새끼 꼬듯 함께 꼰 것이다. 바닷가에 살면서 그물을 들어올리는 일을 하는 후리꾼들이 산에서 며칠씩 묵으며 칡뿌리를 캐와 만드는데, 정월대보름에 있는 칡줄다리기를 위해서였다. 그 칡줄은 줄다리기가 끝나면 이긴 쪽의 뗏목을 맬 때 쓰기도 했고, 아녀자들이 득남의 의미로 한 줌씩 끊어가기도 했다. 원래 영월 갯마을의 풍습이지만, 주워들으니 재미나게 생긴지라 박연창의 어장 사람들도 즐기고 있었다. 닭의 꽁지깃도 열 번이 넘게 졸라서야 간신히 구해준 박기곤이었다.

"가져가게. 제수씨가 딱해서일 뿐이니……"

얼떨결에 받아들고 거기에 고맙네, 하는 말까지 붙여주고 돌아오는데, 곰곰이 생각해보니 화가 이만저만 동하는 것이 아니었다.

"저 자식이 감히 누구 마누라를 딱하다고 내려보는가 말이다."

뒤미처 나오는 말을 공생원이 애써 속으로 삼켰다.

'혹시 이것들이?'

두부장수 강자수

"뜨끈뜨끈한 두부요오! 함 잡숴봐!"

'뜨' 자와 함께 바깥채를 품고 있던 께느른한 기운이 대번에 팽팽해졌다. 그리고 '봐' 자가 끝나는 것과 동시에 안방의 문이 열렸다.

"나 보고 가요!"

낭랑한 목소리. 공생원의 아랫배에 힘이 들어갔다.

"끄응! 신시申時구먼!"

두부장수는 언제나 정확한 시간에 공생원의 집 앞을 지나갔다. 주거니 받거니 말소리가 한참을 이어졌다. 공생원의 신경다발이 사립짝 밖을 향했다. 조금만 더 집중하면 개미가 제 허리 꺾는 소리도 들을 수 있을 정도로 귀가 곤두섰다.

"냉큼 안 들어오고."

애매한 바깥공기가 깔짝거렸다. 공생원도 보이지 않는 것을 따라 훔척거렸다. 제일 먼저 움직인 건 공생원의 목이었다. 그리고 뒤이어 엉덩이가 움찔거리면서 빠져나간 목의 길이만큼 전진했다. 아마도 저포전 황용갑이 보았다면 이렇게 말했을 것이었다.

"내가 남해로 놀아 계시던 탁통영을 따라 놀러갔던 바다에서 바다거북을 본 적이 있는데, 생원이 딱 그짝이시오. 그래가지고 어느 천년에 방문까지 납실 수가 있겠소?"

겨우겨우 방문에 닿은 공생원이 귀를 젖혀 문짝에 붙였다. 행여 문짝이 넘어갈까 하는 마음에 문고리를 단단히 틀어잡고 더 바짝. 두런두런. 마나님과 두부장수의 목소리가 한데 어우러져 묘한 화음을 내고 있었다. 하나가 줄 뜯는 소리라면 다른 하나는 줄을 문지르는 소리였다.

"뜨끈뜨끈한 두부요오! 함 잡숴봐!"

드디어 울대에 기름이 흐르는 듯한 목소리가 부드럽게 미끄러지며 사라졌다.

'그놈의 두부 같으니……'

공생원은 콩을 싫어했다. 콩이 들어가거나, 콩으로 만든 음식도 마찬가지였다. 그렇다고 공생원이 나면서부터 체질적으로 콩을 싫어한 것은 아니었다. 순전히 주의깊지 못한 그의 어머니 탓에 후천적으로 생긴 기호였다.

공생원이 네 살 적, 메주를 만들기 위해 콩을 삶던 날이었다.

큰아버지 공희달의 식솔에 조부모, 그리고 공생원의 식구들까지 대식구였다. 안채 부엌과 바깥채 아궁이는 물론, 외양간에 딸린 작은 부엌에다가 마당에 돌을 고여 임시로 만든 아궁이까지, 불을 놓을 수 있는 곳이면 어김없이 솥단지가 걸렸다. 아이들은 산으로 들로 쫓겨나갔다. 하지만 공생원은 어려서도 부산스럽거나 산만한 것과는 거리가 멀었기로, 그의 어머니는 어린 공생원을 어디든 부담없이 데리고 다녔다. 그날도 그랬다. 다른 집 같았으면 펄펄 끓는 가마솥 근처에 아이들이 얼씬도 못 했겠지만, 그의 어머니는 불을 땔 때부터 아들을 밀어내지 않고 내버려두었다.

구수한 냄새가 어린 속을 요동시켰다.

"엄마! 콩!"

"옹야, 내 새끼!"

홍씨가 삶은 콩 한 바가지를 후후 불어 식혔다. 윗동서 되는 공희달의 처가 못마땅하다는 듯 설거지 그릇을 과하게 팽개쳤지만 홍씨는 눈치채지 못했다. 어린 공생원은 제 어미가 주는 대로 받아먹었다.

"어이구, 내 새끼. 오막오막 잘도 받아먹네!"

하지만 홍씨는 네 살짜리 아이의 뱃속 용량을 미처 계산하지 못했다. 그날 밤, 어린 공생원이 빵빵하게 부어오른 아랫배를 부여잡고는 뒤가 안 나온다고 데굴데굴 굴러댔다. 홍씨가 막내아들을 들쳐업고 의원을 찾았다. 이차저차 상황 설명을 들은 의원이 홍씨에게 버럭 화를 냈다.

"이런! 애 잡으려고 환장하셨소?"

"어찌나 맛나게 받아먹던지."

"쯧쯧! 내가 못 산다!"

"어쩝니까? 내 새끼 어쩝니까?"

"파야지요."

"생으로요?"

"어허! 애 잡으려고 환장하셨소?"

의원이 부지런히 초오산草烏散 제조에 들어갔다. 조협 열매, 목별자, 자금피, 구릿대, 반하, 오약, 당귀, 천궁, 오두를 같은 양으로 준비하고 거기에 초오, 회향, 좌나초를 넣고 마지막으로 목향을 소량 넣어서는 가루를 냈다. 한데 아무리 얼러도 어린 공생원이 약을 먹지 않겠다고 앙버텼다. 결국 홍씨가 깔아뭉개는 듯한 자세로 아들의 팔다리를 제압하고 나서야 강제로나마 약이 흘러 들어갔다. 잠시 후 눈동자가 풀리더니 혀를 빼며 정신을 놓았다.

항문을 여는 순간 곰삭은 두엄 냄새가 코를 찌르기 시작했다. 그래도 의원은 의원이라고 의원이라는 사명감이 있는지, 찍소리 하나 없이 장속에 들어찬 콩을 일일이 손가락으로 긁어냈다. 냄새를 참지 못한 홍씨가 밖으로 나가 저녁 먹은 것을 죄다 게워냈다. 새벽녘이 다 되어서야 어린 공생원의 불룩했던 배가 푹 꺼졌고, 의원이 소금 끓인 물을 먹여 아이의 정신을 도로 돌려놓았다. 그는 한동안 자신의 진료실에 들어가지 못했다.

하지만 마나님 최씨는 콩은 물론이거니와 두부에 온전히 미쳐 있었다. 이삼 일에 한 번은 두부장수 강자수에게서 두부를, 그것도 순두부를 바가지로 사다 먹어야 직성이 풀렸다. 참다못한 공생원이 넌지시 운을 뗀 적이 있기는 했다.

"자네 솜씨면 집에서 해 먹어도 되지 않을까 싶소만. 매번 사다 먹는 일이 번거롭지 않소?"

"내가 만들면 그 맛이 안 납니다."

마나님은 단호했다. 그러더니 입덧을 하면서부터는 아예 대놓고 두부만 먹으려 들었다.

'그놈의 두부 같으니……'

그랬다. 그놈의 두부라니.

강자수는 두부의 재료로 반드시 해콩을 썼다. 음식의 재료치고 묵어서 좋은 것은 없다는 것이 그의 믿음이었다. 안 그래도 묵은 콩은 이미 수분이 날아가버린 상태라 뻣뻣하기도 했고, 막상 두부를 만들 때도 물을 흡수하는 속도가 느려서 익기도 더디 익었다. 또한 해콩은 해콩이되 반드시 흰콩으로 두부를 만들었다. 청태콩이나 서리태를 써도 되는데도 그는 그예 흰콩만을 고집했는데, 그것은 흰색이 주는 막연한 신뢰감 때문이었다.

씻어 불리기.

세 번쯤 세게, 박박 씻는다. 콩이 불어 껍질이 완전히 퍼지고 나서도 세 번을 더하는데, 물을 깨끗하게 갈아가면서 씻는다. 하여 강자수의 손은 일 년 열두 달 부르터 있었다. 불릴 때도 무턱대고 오래 불려야만 능사는 아니다. 지나치게 불린 콩은 영양분이 물속에서 녹아 다 나가버리기 십상이었다. 고물고물 싹을 틔우기까지 했다. 그러다보니 시간 조절이 필수인데, 계절과 밤낮의 차이 그리고 수온에 따라서도 반응 정도가 달라지기 때문에 동물적인 감각이 필요했다. 그래도 대략 이 정도면 되더라, 하는 평균이라는 게 있어서 여름에는 반나절 정도, 겨울에는 하룻밤 정도를 적당하다고 보았다. 강자수는 손으로 그 불린 정도를 알아냈다. 불린 콩을 쪼개보았을 때 가운데의 진한 부분이 사라지고, 콩알의 양끝을 잡고 쪼갤 때 딱, 하는 소리가 나면 강자수의 이마에 광택이 돌았다.

갈아 거르기.

통나무의 속을 파서 안팎을 콩댐하여 만든 귀함지는 사람의 손을 탄 역사를 나타내듯 표면이 반질거렸다. 별것 아닌 물건이지만 그의 할머니 대부터 대물림돼온 것으로 강자수는 닳고닳은 함지박을 볼 적마다 배가 그득해오는 기분이 들곤 했다. 하여 맷돌을 돌리기 전에는 함지박을 가만히 쓰다듬어 할머니의 고묵은 기운을 붙들고자 애썼다.

돌돌돌돌, 맷돌이 돌아가기 시작하면 윗돌과 아랫돌 사이로 으깨진 건더기와 콩물이 흘러내렸다. 뽀얀 즙은 흡사 젖 같아서, 보고 있으면 강자수는 가슴이 다 먹먹해지는 기분이었다. 그는 입에 대보지도 못한 젖이었다. 할머니의 가슴은 바람 빠진 꽈리처럼 쭈글쭈글 늘어져 있었고, 그 끝에 매달린 마른 젖꼭지에서는 원하는 것이 나오지 않았다. 이마에 핏발이 서도록 힘줘 빠는데도 끝내, 아무것도.

"에미 젖 한번 못 빨아보고…… 훌쩍…… 가여운 내 새끼…… 훌쩍…… 아가…… 난중에 장개가면 마누라 젖이라도 꼭 함 빨아보그라잉. 그렇게라도 한을 풀어야제."

그래서일까, 강자수는 우유죽 먹는 인사들을 증오했다.

"그냥 뚫린 구멍이지, 그게 어찌 입이 되겠어? 어린 송아지를 굶겨가며 처먹어도 될 대단한 명분 따위가 있을 리가 없질 않냐 말이야. 짐승의 주둥이보다도 못한 더러운 똥구멍들. 사람 자식, 소 자식, 다를 게 없거늘. 지들 새끼 배곯는 거 생각하면 그리는 못하지."

끓이기.

갈린 것을 베자루에 넣어 거르면 순수한 콩물만 남게 되는데, 끓이는 것이 그 다음 순서다. 콩물을 잡기 전에 미리 밑물부터 잡아두어야 눌어붙는 걸 막을 수 있으니, 다섯 홉 정도의 물을 부어 먼저 끓인다. 그렇게 길이 들고 난 후에 콩물을 넣는데, 강자수는 한 번에 넣지 않고 두어 번 나누어 넣었다. 그리고 젓는다. 밑이 눋지 않도록 부지런히.

이젠 온도를 올려야 한다. 그것도 되도록이면 빠른 시간 내에 올려야 하는데, 이 부분이 이론만 알아가지고는 잘 되지 않아서 강자수도 처음에는 여러 번 실패를 겪었다.

"두부 먹다 이 빠진다. 자수야, 부디 조심하고 모쪼록 신중이다."

주문을 외듯 그렇게 자신을 도닥여가면서 불을 다뤘다.

콩물이 우르르 끓어오르면 찬물을 부어 가라앉힌다. 이 과정을 세 번 정도 반복하다가 불을 끈다. 그리고 제풀에 온도가 더 올라갈 때까지 기다리는데, 그 온도도 순전히 감이다. 그러고는 거품을 걷어내고 간수를 치면 된다. 강자수는 바로 이 간수 부분에서 제 두부가 확연하게 구별된다고 확신했다.

문종조 때의 일이었다. 대호군 정효강이 상언하기를,

"염전은 소를 이용해서 갈기 때문에 그 똥과 오줌이 섞이는 것이 자명합니다. 거기서 나온 소금을 구울진대 당연히 정결할 리가 없습니다. 제향祭享 및 공상供上하는 두부에 이러한 물을 쓰는 것은 적당하지 못하니, 청컨대 산수酸水를 쓰게 하소서."

그러자 상이 듣고 여러 승지들에게 이르기를,

"두부를 만드는 데 무슨 물을 쓰느냐? 어떤 이는 소금의 융액融液을 쓴다고 하고, 어떤 이는 바닷물을 쓴다고 하니, 누구의 말이 옳은지 알지 못하겠다."

하니 대답하기를,

"소금의 융액을 씁니다. 시속에서는 간수라고 부릅니다."

그러자 임금이,

"간수는 깨끗하지 못하니 두부를 만드는 데 쓸 수 없다."

하였다. 하지만 시속에서 말을 제대로 들을 리 없었다. 그저 편한 대로, 있는 대로, 그게 그네들의 삶이었다. 그러다보니 아무래도 소금 녹인 물이 대세일 수밖에 없었다. 여기에서부터 강자수의 두부가 달라진다.

강자수가 쓰는 산수는 그 출처가 철저한 비밀이었다. 그 누가 물어봐도 그는 대답해주지 않았다. 강자수는 자신이 만드는 두부의 담백한 맛이 그 산수에서 비롯된다고 믿고 있었으니 당연했다. 간혹 사람들이 대국 소양산少陽山 물이라도 되느냐며 비아냥거리기도 했지만, 그의 입은 열리지 않았다.

식혀서 모양 만들기.

막바지에 이르렀다. 콩물 위에 노란 막이 뜨기 시작하면 적당히 식은 것이다. 강자수는 유바라고도 부르는 그 노란 막을 건져 먹을 적마다 세상을 다 가진 것 같은 포만감에 행복했다.

간수로 인해 몽글몽글 엉긴 두부 중 얼마간을 순두부로 따로 떼어놓고, 나머지는 한 김 식혀서 네모 틀에 베보자기를 깔고 퍼담는다. 그러고는 남은 베보자기로 잘 여미고 나무판자를 덮은 다음, 시루를 얹어 무게가 실리게 한다. 그러면 물이 천천히 빠지면서 두부가 된다. 욕심을 부려 물을 너무 빨리 빼게 되면 두부에 탄력이 없어 맛이 떨어졌다. 간혹 그런 두부를 보게 되면 강자수가 하는 소리가 있었다.

"콩밭에서 두부 찾는 미련한 놈."

하니 강자수는 두부를 팔기 위해 명례방을 돌아다니는 것 말고는, 그가 가진 시간의 대부분을 두부 만드는 데 소비한다고 봐야 했다. 그것이 강자수가 아직까지 장가를 못 간 이유였다.

고생한 만큼 그의 두부가 맛이나 때깔에서 타의 추종을 불허했으니, 보람은 있었다. 조포술로 이름 높은 연경사나 봉선사를 두루 거쳤을 거라는 뒷말이 돌기도 했다. 강자수가 제조비법을 훔쳤다는 속뜻이었지만, 그 말 또한 훨훨 지나갈 뿐이었다.

강자수는 또 두부장수답게 두부에 관한 기록들을 두루 꿰고 있었다. 특히나 그가 즐겨 인용하는 시가 두 편 있었다.

> 나물국 오랫동안 먹어 맛을 못 느껴 두부가 새로운 맛을 돋우어주네
> 이 없는 이 먹기 좋고 늙은 몸 보신에 더없이 알맞네
> 물고기 순채는 초나라 객을 생각게 하고 양락은 북방 되놈 생각게 하네
> 이 땅에서는 이것이 좋다고 하니 하늘은 알맞게 먹여주네

> 누렇게 익은 콩이 눈같이 하얀 물을 뿜고
> 펄펄 끓는 가마솥 불을 정성 들여 거둔다
> 기름이 번지르르한 동이 뚜껑을 열고
> 옥같이 자른 것이 밥상 가득 쌓인다

앞의 것은 고려 문신 이색의 시고, 뒤의 것은 여말선초의 학자 권근의 시였다.

"보시오, 이 두부라는 게 그 정도로 좋다는 거 아니겠소?"

강자수가 신이 나서 읊어대는 소리가 좁다란 마당을 흘렀다. 사람들이 "이색이 누구요?" 혹은 "권근이란 자는 또 뉘요?" 하고 묻지만 않는다면 그의 말줄기는 끝도 없이 뻗어갔을 것이다.

마나님의 마실이 길어지던 날이었다. 전날, 팔촌동생 최명구의 안사람에게서 잠시 다녀가라는 기별이 있던 터였다. 비단이든 패물이든, 자랑할 만한 것이 생겼음이 분명했다. 임신 오 개월의 두루뭉수리한 몸이 싫은 내색을 하며 나간 것이 벌써 반나절 전이었다.

"뜨끈뜨끈한 두부요오! 함 잡숴봐아!"

허둥지둥, 공생원이 목소리를 높였다.

"이보시오! 두부장수!"

"예?"

'저 인간이…… 나를 보고 놀랐다.'

장사꾼이니만큼 어디서건 저 부르는 소리가 들릴 것을 염두에 두고 다닐 것이 자명하니, 당연히 들을 소리를 들은 것밖에 없을 텐데도, 도대체 들었다고 놀랄 이유가 무어냐는 의구심이 공생원을 집적였다.

"아, 예!"

강자수가 문간에 엉거주춤 서서 들어오지 못하고 있었다.

"좀 있음 날도 제법 매워질 텐데 고생이 많으시오."

"두부장수한테는 더운 날보다 추운 날이 백번 낫습죠."

"힘들지 않으시오?"

"먹고살아야지요."

대화 한 묶음에 한 발짝씩, 강자수가 찔끔찔끔 안으로 발을 옮겼다.

"얼마나 드릴까요, 생원나리?"

"나를 아시오?"

"그럼요, 생원나리. 남촌에 제가 모르는 사람은 하나도 없습지요."

자신은 상대방을 그저 목소리만 들어 알 뿐인데, 정작 상대방은 자신을 잘 알고 있다는 말에 공생원은 불쾌해졌다.

'나를 따로 주목하고 있었던 것일까? 만약 그랬다면, 그런 데는 또 그럴 만한 이유가 있을 것이고. 끄응!'

하지만 공생원은 별다른 내색 없이 상황 속으로 흘러갔다.

"얼마에 얼마를 파시오?"

"말이 고마우면 비지 사러 갔다가도 두부 사온다고, 생원나리 하시는 것만큼 드립지요."

'이 자식이!'

"드릴까요, 생원나리?"

"성씨가 어떻게 되오?"

"강가입죠, 생원나리. 자수라는 이름이 있기는 하지만 모두들 편하게 강두부, 그렇게 부릅지요."

"좋소, 강두부. 알아서 주시오."

"단골이시니 인심 좀 쓰겠습니다요, 생원나리."

말은 그렇게 해놓고 강자수가 공생원을 빤히 쳐다보았다. 난데없고 생뚱맞은 시선에 공생원은 얼굴이 근지러웠다.

'이 자식이! 뭘 캐보려고……'

"저, 생원나리! 담아드릴 데가……"

'아차, 바가지!'

공생원이 머뭇머뭇 부엌 안으로 들어섰다. 뒤곁으로 난 널문을 닫아 어두컴컴한 공간 안으로 눈꼽재기창 나무살을 비집은 햇살이 내려꽂히고 있었다. 공생원이 천천히 고개를 돌렸다. 살강마다 차곡차곡 엎어놓은 그릇들이 아기자기했다. 벽에는 소쿠리며 이남박들이 크기대로 가지런하게 매달려 있는데, 뒤태가 하나같이 펑퍼짐했다. 정해진 용처가 다 있을 물건들이었다. 공생원은 사람으로서 자신의 쓸모에 대해 잠시 따져보다가 고만두었다. 안 그래도 고민거리는 지천으로 널려 있었다.

문득 부뚜막 쪽에서 온기가 번져왔다. 그리고 바가지는 부뚜막에 걸린 가마솥 뚜껑에 요염하게 엎어져 있었다. 공생원은 잠시 주춤했다. 부뚜막 벽에 흙으로 만든 제비집 모양의 대를 붙여놓고 거기에 작은 보시기를 올려놓았는데, 사뭇 경건했다. 화신火神 조왕할매를 향한 치성의 흔적이었다. 마나님이 매일 새벽마다 첫물을 떠놓고 기원한 것이 오로지 가운家運뿐이었을까. 공생원은 측간 천장에 붙여놓은 헝겊 조각을 떠올렸다. 그것이 지금껏 제대로 붙어 있는지, 진즉에 떨어져 없어졌는지 아무래도 기억이 나질 않았다. 마나님의 치성이 조왕신을 감동케 해 먹고 사는 일의 편안함을 복으로 받은 거라면, 자신이 겪고 있는 먹고 싸는 일의 어려움은 측신을 홀대해서 생긴 형벌인가. 공생원은 무의식적으로 엉덩이의 골을 눌렀다.

'내가 무얼 잘못한 것일까?'

"생원나리!"

도대체 안 나오고 거기서 뭐 하고 자빠졌냐는 투였다. 조심스레 바가지를 집어든 공생원이 뒷걸음질로 부엌을 나와 조용히 문을 닫았다.

말캉말캉한 순두부가 바가지에 그득 담겼다. 생각처럼 김이 많이 오르지는 않았다. 그래도 웬만큼 온기가 남아 있었는지, 공생원의 두 손에 폭 가라앉은 바가지가 금세 미지근해졌다.

'마누라 궁둥이 같다. 크기며, 불룩한 것하며, 딱이라, 딱!'

공생원의 아랫도리가 뜨뜻해지면서 묵직하게 차오르기 시작했다.

강자수는 황당했다. 두부를 받고 실없이 히죽거리는 사람이라니. 멀거니 공생원을 지켜보다가 자신도 모르게 목소리에 힘을 얹었다.

"이만 가보겠습니다요, 생원나리!"

"으악!"

철퍽, 철퍼벅, 퍼벅, 진창에 얼굴 처박는 소리를 내며 순두부가 쏟아졌다. 둥글지 못해 구를 수 없는 바가지가 그 사이에서 되똑거렸다.

순두부를 본 마나님이 벙싯거렸다.

"어찌 그리 신통한 생각을 다 하시었습니까? 시간이 늦어져 오늘은 못 먹지 했는데……"

마나님의 곰살가운 칭찬에 공생원은 흐뭇해졌다. 하여 쏟은 두부를 치우고, 바가지를 씻고, 다시 두부를 받고, 마당을 쓸고 했던 부산함을 잊어가고 있었다. 게다가 마나님이 등까지 어루만져주니 온몸이 노곤하게 물크러졌다.

'사람이 아니고 두부가 반가운 것을…… 내 괜히……'

한데 마나님이 작은 바가지에 순두부를 얼마간 퍼담더니 집을 나서는 것이었다.

"오다가 보니 돈이가 집으로 들어가기에……"

"끄응!"

노비 돈이

사불삼거四不三拒라는 것이 있다. 재임중에 해서는 안 될 일들을 묶은 것으로 관리의 청렴도를 가르는 기준이다. 우선 사불이란 부업을 가져서는 안 되고, 땅을 사서도 안 되고, 집을 늘려서는 아니 되며, 그 고을의 명물을 먹지 않는 것을 이른다. 그리고 윗사람이나 세도가의 부당한 요구를 거절해야 하는 것, 청을 들어준 다음 답례를 거절해야 하는 것, 경조애사의 부조를 받지 않는 것, 이 세 가지를 들어 삼거라 한다. 전 호조판서 김석형의 경우 사불삼거, 그 어느 것 하나 걸리는 것이 없었다.

김석형은 치밀하고 수리에 밝은 이였다. 재화와 경제에 관한 정무를 맡아보는 중앙관청의 수장을 지낸 인물다웠다. 그렇다고 그 기질과 재능을 사사로운 축재에 들어쓰는 법이 없고, 언행이 두루 맑아 청백리로 천거되기도 했는데, 청렴도 전 항목에서 골고루 높은 점수를 받았다. 하면 사람이 깐깐하고 꼬장꼬장한 것이 자연스럽겠으나, 김석형은 정이 많은 이였다. 하여 지방관으로 재직했던 향리의 아전들이 꿋꿋한 존경심으로 아직도 오고가며 알은척을 해오고 있었다.

김석형이 지금이야 남촌 사람이지만, 현직 판서로 있을 때는 아무래도 궐에서 가까운 북촌에서 살기는 했다. 순화방 백악산 아래 단칸집을 빌려서였는데, 사는 모양새가 얼마나 초라했으면 주변의 인사들이 비우당 같다고 해서 '여비우당如庇雨堂'이라고 하기도 했다. 비우당은 세종조의 대표적인 청백리 우의정 유관柳寬의 집으로, 집 안에까지 비가 새서 우산을 쓰고 있을 정도였기에 붙여진 이름이었다. 그 '또다른 비우당'에서 얻은 풍사風邪가 노구를 지금까지 내내 괴롭히고 있었다. 녹봉을 비롯한 수입의 대부분을 어려운 형편의 이웃이나 제자 들에게 나누어주는 바람에, 적절한 난방을 제때 하지 못했기 때문이었다. 변방의 병사도 아닌 터에 옷도 누비 솜옷이 아닌 지의紙衣에 불과했다. 여기저기서 모아온 파지나 파책破冊된 종이를 풀어 만든 속옷, 지의. 닥섬유가 아무리 질기고 보온성이 있다 해도 솜저고리에 비할 수는 없었다.

퇴임 후 북달재 근방으로 옮겨와 눌러앉게 된 집칸도 헛가리에 다름아니었다. 하지만 그가 "겨우 다리를 뻗을 수 있는 단칸집이지만, 나는 이 안에서 구백구십구 칸이나 되는 큰 생각을 할 수 있다"고 한 말이 돌면서 '허백당虛白堂'이라는 이름이 붙었다. 그걸 천 칸짜리 고대광실로 오해하고 구경온 이들이나, 명성만 듣고 인사치레로 찾아온 이들이 간혹 집을 놓치고 헤매는 경우도 있었다.

자신의 집이 허백당이라 불린다는 걸 전해 듣고 김석형이 웃으며 말했다.

"백운거사白雲居士 이규보李奎報의 '삼혹호三酷好 선생' 이래, 이름 붙들고 웃은 것이 참으로 오랜만이지 않느냐? 갖다붙이는 데 어찌 그리들 비상하게 돌아가느냐?"

이규보가 자신이 평생 동안 거문고와 술 그리고 시를 지나치게 좋아하였다는 뜻에서 스스로에게 붙인 이름이 바로 '삼혹호 선생'이었다. 김석형이 웃은 이유는 '혹酷'자 때문이었다. '혹독'이나 '혹사' '냉혹' '혹한' 또는 '혹평'처럼 주로 독하다는 의미의 부정적인 글자가 '혹'자였다. 그것을 긍정적인 글자 '호好'에 붙였으니 재미있는 발상 아니겠냐는 것이었다. 어쨌든 임금도 그 맑음을 높이 사 김석형이 정사에서 물러난 이후에도 종종 불러들여 자문을 구하거나 담소를 나누곤 했다. 청빈한 노학자를 향한 지존의 애틋한 마음이 드러난 계기가 있었다.

몇 해 전, 명나라 사신을 위한 접대가 있던 날이었다. 경회루 아래에서 베풀어진 잔치는 화려하고 성대했지만, 수면 아래서 부글거리는 정치색으로 조심스럽기도 했다. 그들이 돌아가고 마음이 무거워진 임금이 쉬이 편전으로 들지 못하고 경회루에 올랐다. 시름을 다독이며 남산을 바라보는데, 나무 그늘 밑에 사람 두엇이 둘러앉아 있었다. 눈을 좁혀 잠시 살피던 상이 하명했다.

"전 호조판서 김석형이 분명하다. 알아보라."

과연 그였다. 현 호조판서 손여완과 마주 앉아 어슷하게 썰어 담은 오이를 안주로 놓고 탁주를 나누고 있었다. 손여완은 두주불사의 호남으로 김석형의 문하였다. 적당히 겸양해야 하는 연회 자리가 좀이 쑤셨기에 그 해소를 위해 김석형을 찾아간 것이었다.

다시 상이 일렀다.

"술상을 걸게 보아 그들에게 전하라. 그리고 김석형에게는 따로이 이르되, 이것은 어명이니 입궐하여 사은하지 말라고 하라."

그런 김석형이 자신의 아들인 사현 다음으로 신뢰하는 이가 바로 돈이였다. 집사며 청지기며 구색을 갖춘 살림도 아니어서, 부리는 노비도 간신히 체면만 유지하는 수준인지라 일손 하나하나가 아쉽고 귀하기도 했지만, 그게 아니어도 돈이는 믿음직한 인물이었다.

돈이는 주인과 따로 살며 주인에게 신공身貢을 바치는 외거노비였다. 제가 소유한 토지도 있고 실제 생활도 양인과 다를 바가 없어, 이웃들도 그의 처지가 노비라는 사실을 거의 잊고 살 정도였다. 허우대도 좋고 인물 또한 남다른데다가 착실하고 다감한 성품 덕에 돈이에게 눈독들인 처자들이 한둘이 아니었다. 하나를 잘하는 놈은 다른 것도 잘한다고, 돈이는 못하는 것이 없었다. 무엇보다도 뛰어난 포구 선수로 이름이 높았다.

"둘째 겨루기이이……, 명례에에明禮 대에에對 호혀어언好賢 …… 호혀어언好賢 대에에對 명례에에明禮……"

"어이, 심판! 그냥 쉬이 가자고."

좀 한다는 포구 선수였지만 힘자랑하다 허리를 상하는 바람에 심판을 맡게 된 천가였다. 그의 느물거림에 구경꾼들은 내내 감질이 난 상태였다.

"주운비이이……"

그래도 아직 덜 든 뜸. 여기저기서 욕들이 튀어나왔다.

"써라!"

드디어 명이 떨어졌고, 머리에 붉고 푸른 띠를 둘러 편을 구분한 열 명의 사내들이 공을 향해 우르르 몰려들었다.

"돌파! 돌파! 적문 돌파!"

"밀고! 치고! 그렇지!"

구경꾼들은 시작부터 격렬해지기를 애원하듯 소리를 질러댔다. 반점 전에 시합을 마친 양쪽 방의 격방조는 거의 아우성이었다. 승패를 내지 못한 그들의 겨루기를 포구조가 이어받은 셈이었다.

도성에는 각 방마다 격방擊棒조와 포구抛毬조가 있어서 육십 일마다 한 번씩 돌아오는 경신일에 시합을 갖곤 했다. 격방은 땅에 주발만한 구멍을 파서 숟가락 모양의 몽둥이로 계란만한 공을 집어넣어 점수를 내는 놀이이고, 포구는 일곱 자 되는 높이의 기둥에 구멍 뚫은 판자를 얹어 고정시키고 그 구멍 아래로 그물망을 늘어뜨려 그 망통에 공을 담아 점수를 따는 놀이이다. 같은 공놀이이지만 격방은 땅을, 포구는 하늘을 노려야 한다는 점에서 달랐다. 그러다보니 요구되는 체격 조건도 조금씩 차이가 있게 마련이었다.

"저거, 저거. 에이씨! 그걸 그리 넘기면 어쩌자는 겨? 대체 저 똥자루는 누구여?"

"선팔이, 선팔이. 왜 그 초립장 장가 작은사위."

"선수가 그리 없대? 저런 땅딸이를. 돈이를 봐봐. 저 정도는 돼야 포구를 하는 거지."

아닌게 아니라 돈이는 키가 크고 육중했다. 그러면서도 몸놀림이 가벼웠다.

"옳지, 하나 들어갔다."

"와하하하! 그럼 점수가 얼마여? 역시 돈이여. 호현 놈들, 돈이 막기 그리 쉽지 않을걸?"

돈이를 제어하지 않고는 승산이 없을 거라며 중늙은이 서넛이 희희낙락하는 동안, 처자들은 처자들대로 숨이 넘어가고 있었다.

"돈이는 못하는 게 없다니까."

"못 만드는 것도 없대."

정말이었다. 풀을 둥글게 뭉쳐 새끼로 엮은 공도 늘 돈이가 마련하곤 했다.

"몸 좀 봐! 아!"

떡 벌어진 골격에 적당히 그을린 피부, 단단하면서도 탄력 있어 보이는 그의 몸이 시선을 그러당겼다. 팔을 움직일 적마다 울끈불끈 용솟음치는 현란한 근육의 움직임에 그녀들은 현기증을 느꼈다.

"가슴이 막 콩닥콩닥해. 아, 멋있어!"

"잊지 마. 이따 참 내갈 때 돈이 옆자리는 나야. 딴소리 안 하기."

"너 분명히 아까 무슨 수 썼지? 왜 니가 뽑는 제비에만 계속 동그라미야? 다시 해."

"그런 게 어딨어? 얘 다음이 나란 말이야. 난 싫어."

"얘! 제비 얘기 하지 마. 기분 나빠져."

"다음번 시합 땐 한 사람한테 몰아주자. 돈이하고 눈 마주치는 사람한테로."

"무슨 꿍꿍이야, 너?"

안타까우리만치 치열한 신경전.

하지만 돈이의 어린 시절은 각박함, 그 자체였다.

돈이가 막 세 돌을 넘기던 해, 그의 어미 옥루아가 풍을 맞았다. 젊디젊은데다 이름처럼 어여쁜 아낙이었다. 게다가 겨우 스물일곱 살. 마비된 몸으로 아무것도 할 수 없는 처지는 둘째 치고, 하루가 다르게 추해지는 자신의 모습을 견뎌낼 의지력을 기대하기에는 아무래도 무리인 나이였다. 결국 가슴에 울화가 들어 버둥대다가 얼마 버티지 못하고 요절을 했다. 그로부터 엿새 후, 죽은 제 어미를 똑 닮은 돈이는 아비인 고읍동의 동의하에 형조시랑 이유겸의 집으로 보내졌다. 거기서 일 년을 지내고 이유겸의 셋째아들이 혼인해 분가할 때 딸려갔다가, 다시 일 년 반 뒤에는 이유겸의 큰사돈 되는 박효원이 강화부사로 부임할 때 그리로 묻어갔다. 그리고 이태 후 승지 조광일에게 보내졌다. 이유는 다양했다. 빚 청산, 혼인선물, 부임인사, 청탁뇌물. 한데 돈이는 조광일의 집에서도 오래 있지 못했다. 채 반년도 안 되어 조광일이 인사비리 문제로 유배를 당한 탓이었다. 그때 나라에서 조광일 소유의 노비들을 여러 대신들에게 분배했는데, 그중 돈이가 예조판서이던 김귤형에게 내려졌다. 하지만 김귤형이 오랜 지병으로 사직하고 요양을 떠나면서 가솔들을 정리했고,

그때 돈이를 자신의 막내아우인 김석형에게 보낸 것이었다. 돈이 나이 고작 아홉이었고, 김석형이 일곱번째 주인이었다.

돈이가 김석형의 집으로 들어가던 날, 하늘은 경망스러웠고 변덕맞았다. 새벽부터 한 시진이 넘도록 번개가 떨어져 꽂히더니, 그러고 나선 돌풍이 괴성을 지르며 골목을 쏘다녔다. 잠시 우박이 땅을 구르는가 싶다가 어느새 잠깐 빛이 뿜어져나왔고, 정오를 넘기면서는 짙은 안개가 답쌓여 도성을 덮었다. 천지를 분간할 수 없을 정도로 어두컴컴했다. 한낮인데도 등을 들어야 했다. 하지만 누르스름한 깁 안에 갇힌 불은 어둠을 보게 해줄 뿐 세상을 밝히지는 못했다. 길을 앞서는 김균형의 청지기가 시야에서 사라질 적마다 돈이는 숨겨뒀던 눈물을 한두 방울씩 떨어뜨렸다.

돈이는 김석형과의 첫날을 네 문장으로 기억했다.

"돈이라고 했느냐? 솔직한 이름이다."

"네가 품은 허기에 별 도움이야 될까마는, 그래도 뭘 좀 먹는 걸 보고 싶구나."

"예까지 버텨오느라 애썼다. 시류에 시달리는 일이 어찌 상하가 다르겠느냐만, 그래도 네 짐이 유난히 무겁구나."

"나는 네게, 너는 내게, 그렇게 맡겨보자꾸나."

물론 돈이가 그 뜻을 다 이해한 것은 아니었다. 하지만 느낄 수는 있었다. 진심은 가슴의 소관이기 때문이었다.

김석형과의 생활에서 돈이에게 가장 중요한 일은 혜화문 언저리 대나무집에 다녀오는 일이었다. 그 집의 주인인 민광한은 성균관의 으뜸인 대사성大司成으로, 학식이며 인품이 김석형에 필적할 만한 인물인데 김석형과는 사돈지간, 그러니까 김사현의 장인이었다. 그리고 그 집은 명천明川현감으로 충청도에 가 있는 김사현의 아내가 머무르는 곳이기도 했다. 친정살이가 흔하기는 해도, 늙은 시아버지가 혼자 꾸려나가는 살림에 며느리가 힘을 보태는 것이 인지상정이었지만, 김석형은 며느리를 극구 마다했다.

"사지육신 멀쩡한 시아버지가 안식구도 없는 집에 어찌 며느리를 불러들여 수발하라 하겠느냐? 게다가 아범도 없거늘. 불편하니, 오지 말라."

하여 대신 돈이가 바쁘게 오고가며 찬을 전하고 마음도 옮겼다.

도성의 남쪽에 있는 명례방과 북동쪽에 있는 혜화문의 거리는 짧지 않았다. 하지만 돈이는 걸음이 빨랐다. 아침 먹고 떠나면 점심나절도 훨씬 안 되어 도착하는 것이 돈이였다. 사람들은 돈이를 그 유명한 '소리개'와 비교하기도 했다. 소리개는 병조참의 김광준의 종으로, 도성에서 합천까지 아흐레나 걸리는 거리를 무려 사흘 만에 주파한 적도 있다는 살아 있는 전설이었다. 솔개라는 뜻처럼 날개가 달린 자였다.

닷새에서 이레에 한 번은 오고가야 하는 길이었고, 그때마다 돈이는 매번 광통교를 거쳐 운종가를 지나서 갔다. 하여 돈이가 대사성의 사저에 갈 적마다 이웃들은 소소한 것들을 사다달라 부탁하곤 했다. 돈이는 단 한 번의 싫은 내색조차 하지 않고 꼼꼼하게 심부름을 해주었는데, 공생원의 마나님도 예외가 아니어서 은밀한 규방살림이 아니면 이것저것을 더러 맡기곤 했다.

"이보게, 돈이. 대나무집 가는 날이 언제인가?"

"글피에 갑니다, 마님!"

돈이는 공생원의 마나님에게 꼬박꼬박 마님이라고 불렀다. 이웃들이 생원댁, 공생원네, 예사로 불러대는 데 비해 얼마나 듣기 좋은 소리인가 말이다.

"부탁할 게 있는데……, 저포전에 들러줄 수 있겠는가?"

"말씀만 하십시오, 마님!"

누구에게나 고분고분한 돈이였다.

그 돈이가 공생원과 밭을 마주하고 있었다. 자잘한 꽃나무로 경계를 삼긴 했지만 얼핏 봐도 돈이네 집이고, 흘깃 봐도 돈이네 밭이었다. 아무리 김석형의 집이 없는 살림이라 해도 드나드는 사람이 많아 일이 만만치 않을 게 자명한데도, 돈이는 늙은 제 아비 수발에 틈틈이 제 밭을 살피는 일까지, 어느 것 하나 소홀하지 않았다.

"개자리, 달구지풀, 보리뺑이……"

그 밭둑에서 돈이가 부지런히 몸을 놀리며 흥얼거리고 있었다.

“제비제비 왕제비 졸랑제비, 제비제비 민둥제비 각시제비……”

듣자하니 방제가 되는 선초善草들의 이름이었다. 밭일에 이골이 난 마나님 덕에 당구풍월이야 있었지만, 공생원의 눈은 절대 구별하지 못하는 세계였다.

인기척을 느낀 듯 돈이가 공생원 쪽을 돌아보더니 긴 몸을 공손하게 숙였다.

“생원나리! 소인에게 무슨 볼일이라도 있으십니까?”

“아니, 아니다. 그냥 봤구나.”

돈이의 표정이 의아해졌다. 공생원이 손사래를 치는데도 선뜻 시선을 거두지 못하고 계속해서 바라보았다.

‘끄응!’

바로 돌아서 가기도, 무어라 말을 더하기도 뭣한 민망함에 공생원이 붉게 물들어갔다.

‘김대감의 안부라도 묻는 거였거늘!’

그때였다.

“아들아!”

길게 내지르는 소리가 공생원을 구했다. 돈이의 아비 고읍동이었다. 조반 후 바로 노사랑老舍廊으로 행차했다가 저녁 해거리나 돼서야 집에 돌아오던 그가 낮술에 취한 듯 불콰해진 얼굴로 돈이를 부르고 있었다. 아마도 생일을 맞았거나 제사가 있는 집에서 인사로 약주를 내온 모양이었다. 왼쪽 귓불에 매달린 갓난

이 주먹만한 혹이 흡사 잘 익은 오얏이었다.

고읍동은 말년운이 억세게 좋은 사내였다. 원래 그는 전 공조참의 정필업에게 딸린 외거노비였다. 정필업이 유약하고 소심한 사내라 매사에 좀스럽게 굴기는 해도 가혹함과는 거리가 있어서, 스무 살이나 어린 아내 옥루아를 먼저 보낸 일 말고는 사는 일에 별다른 어려움은 없었다. 한데 주인 정필업이 타고난 성격대로 강단 있게 처신을 못 해 변을 당했다.

당시 몇몇 공신들의 삿된 작태가 민심을 배반하고 있었다. 반정反正의 후유증이었다. 저희들 손으로 밀어올린 임금이니만큼 저희들을 무시하지는 못할 거라는 방자함이 지나치고 있었다. 묘당을 꿰차고 앉아 임금을 상대로 이리 하소서, 그리 하지 마소서, 잔소리를 끓어붓고, 영리한 신진들을 견제하는 일에 하루 열두 시진이 모자랄 지경이었다. 하여 한 무리의 의협심 강한 선비들이 투합하여 정의가 아니면 죽음을, 이라고 웅변하며 일종의 모의를 했다. 삼공三公, 박원종, 유자광, 노공필을 시해해 정사를 도와 성군의 치세를 이루겠다는 대의명분을 걸었다. 한데 그 거사에 정필업이 끼게 되었다. 길에서 만난 지인을 눈치 없이 따라갔다가 얼떨결에 얻어걸린 일이었다. 하지만 정필업이 발각에 대한 두려움에 지레 겁을 집어먹고 자신의 죄만이라도 면해보고자 고변을 해버리면서, 모의에 참여했던 이들이 끌려가 고문을 당하거나, 유배되거나, 혹은 죽었다. 정필업은 정상이 참작되기는 했지만, 그래도 삼공의 탱천한 진노를 마저 피하지 못하고 폐족형廢族刑을 받았다. 목숨은 건졌으나 안타깝게도 후손들은 벼슬을 할 수 없는, 후손들의 벼슬길을 막았으나 다행히 자신의 목숨은 건진, 어느 쪽으로도 해석이 가능한 벌이었다. 정필업의 일가가 뿔뿔이 흩어졌고, 그때 얼결에 반자유의 몸이 된 노비가 바로 고읍동이었다. 노비문기에 이름이 올라 있으니 노비인 것은 맞으나, 요행히 나라에서 정필업의 노비를 몰수해가지 않은 덕으로 주인이 돌아와 가문을 다시 세우기 전까지는 거치적거릴 것이 없게 된 운수대통한 사내. 게다가 고읍동은 오른팔이 없었다. 정필업의 아비 되는 정승조가 낙마사고를 당할 때, 떨어지는 상전을 보호하기 위해 끝까지 줄을 놓지 않고 있다가 당한 변이었다. 하니 그 덕도 있었다. 게다가 돈이의 상전인 김석형이 편의를 봐준 덕에 아들과도 함께 살게 되었으니, 사람 팔자란 것이 오래 살고 볼 일이라는 말은 만고의 진리였다.

"아들아!"

고읍동의 목소리가 점점 커지고 있었다. 돈이의 억센 두 팔이 그의 겨드랑이를 가로질러 부축했다. 부자의 걸음새가 덜컹거렸다.

공생원이 고읍동의 입을 주목한 지 벌써 몇 날이었다. 워낙 말이 많은 늙은이였다. 가랑이 사이로 방귀 새듯 스르르 풀려나올 무언가가 있을 가능성이 짙었다. 게다가 술김에, 라면 보다 더 쉽게 어떤 실마리를 흘릴지도 모를 일이었다. 혹부리라고도 불리는 그는 일흔둘의 늙은이여도 힘깨나 쓰던 소싯적의 가락으로 아직도 정정한 축에 속했지만, 집안일이며 밭일은 뒷전이고 늘 노사랑에서 말품이나 파는 것이 다였다.

"선팔이 큰아들놈이 나를 보더니……"

"무슨 소릴 시작하려구? 누굴 또 가르치려구?"

고읍동 입단속을 여생의 목표로 삼은 변가였다.

"이거 왜 이래. 할 말은 해야지."

"그놈의 잔소리. 그러니 애들도 다 피해가는 거야."

"싫은 소리를 들으면서 커야 제대로 된 사람이 되는 게지."

"그 쨍쨍쨍 좀 고만해. 자네 덤으로 사는 거 알아? 저승사자도 귀가 따가울까봐 지레 짜증이 나서 못 데려가는 거지 않아."

"그거야, 언젠간 귀에 납땜을 하고서라도 데리러 오겠지. 겁 안 나. 그리고 이 고읍동이는 말로 시비를 가리는 일이라면 옥황하고 붙어도 자신 있단 말씀이지."

"좋겠네. 저승에서도 할 일이 많아서."

"이거 왜 이래. 옥황도 잘못을 했으면 당연히 혼이 나야지."

그런 식이었다. 쌍륙판에서도 훈수가 지나쳐 툭하면 내쫓기기 일쑤였다. 말을 효율적으로 진행시키는 방법에서 주사위를 죽통에 넣을 때의 요령에 이르기까지, 고읍동의 입을 거치지 않는 것이 없었다. 그러니 약주를 걸고 하는 바둑이나 장기는 말할 것도 없었다. 종종 판이 깨진 원망을 고스란히 다 받으면서도 그의 말은 좀처럼 잦아들지 않았다.

"늙은이가 잔소리가 많으면 젊은 놈들이 싫어해. 아무도 곁에 안 붙어 있는 법이야."

"이거 왜 이래. 우리 아들은 달러. 내가 모르는 우리 아들 일이란 없거든."

"지 애비가 어떤 종잔지 다 아니까 분란 피하려고 그러는 거 아니야?"

"이거 왜 이래. 우리 아들이 전에 그러더래. 아버지가 저하고 상관된 일을 다른 사람의 입을 통해 들으시게 할 수는 없다고."

"애가 정직해서 그런 거지. 그걸로 험한 세상 버텨왔고. 아들 하난 잘 뒀어. 그러니 애 좀 내버려두라고. 이렇네, 저렇네 퍼다 붓지 말고. 그리고 말이 나와서 하는 말인데……"

"나보다 말이 더 많구만."

"새겨들어. 아들 얘기 좀 아무 데나 팔고 다니지 말라고."

정말로 고읍동은 돈이의 사생활을 헐값에 넘기고 다니고 있었다. 그래서 공생원도 그것을 기대하는 바였다. 하지만 그는 곧 귀를 접었다.

'아무리 비밀이 없는 부자 사이라 해도 임자 있는 여편네와의 정분을 곧이곧대로 터놓을 아들이 있을 리 없을 터.'

혹여 알게 됐다 한들 스리슬쩍 조용히 넘어갈 문제도 아니라는 생각도 들었다. 게다가 아무리 노비라고는 해도 돈이가 반듯한 심성을 가졌다는 것은 그 누구보다도 공생원 스스로가 잘 알고 있었다. 집을 붙이고 산 세월이 한두 해가 아니었다. 만일 돈이가 계집이고, 마나님이 사내라면 자신의 의심이 타당하달 수도 있겠지만, 남편 있는 아낙이 스무 살이나 아래인 사내를 넘본다는 건 가당치가 않은 일이었다. 설사 마나님이 한눈을 팔았다손 치더라도, 그렇게까지 질척거리는 상황을 만들지는 않았을 거라는 생각이 들었다.

"질투도 아니고…… 낫살깨나 먹은 내가 젊다 못해 어리기까지 한 것을 두고 이 무슨……"

그래도 공생원의 마음은 개운해지지 않았다.

대나무집으로 가는 길엔 은행나무가 많았다. 동글동글한 열매들이 고린내를 피우며 누렇게 다발로 익어가고 있었다. 관에서 관리하는 나무인지라 손을 댈 수는 없었다. 열매를 따려는 시도, 그 비슷한 것만 해도, 어디서 숨어 감시라도 하고 있었던 것처럼 나졸 하나가 쏜살같이 튀어나와서는 삼지창을 휘두르며 잔소리를 해대곤 했다. 하지만 돈이는 열매보다는 잎에 더 눈길이 갔다. 불그죽죽해지는 단풍 틈바구니에서 혼자서만 샛노란 은행잎이었다.

'잎이 제대로 떨어지고 나면 어여쁜 것으로 골라 말렸다가, 대감마님 서책 사이사이에 끼워드려야지. 그리고 제비한테도……'

빡.

"아야! 아이씨!"

제비의 오라비인 영득이였다. 저도 나무에만 홀랑 정신을 팔고 있었는지 돈이와 부딪힌 이마를 어루만지면서 씨불거리고 있었다. 아닌게 아니라 이마가 벌겠다. 그러더니 돈이에게 주먹 쥔 손을 냅다 흔들어 보이고는 갖은 방정을 떨며 옆길로 달아났다.

일곱 살에 열병을 앓으면서 정신이 망가진 영득은 제 부모가 낙향하는 민광한의 부친을 따라 강원 회양으로 떠난 이후로는 여동생인 제비의 보살핌으로 살고 있었다. 주인인 민광한이 잔심부름이나 시키면서 데리고는 있다 해도, 도움보다는 어디서 사고를 내지나 않을까 외려 신경을 써야 할 형편이었다. 실제로 행랑에 불을 낸 적도 있었다. 쥐불놀이 때 끼지 못한 한을 애먼 집에 푼 것이었다. 다행히 행랑아범에게 일찍 발견돼 벽 한쪽만 그슬리고 끝냈지만, 그 일로 되게 맞은 일은 제비에게도 충격이었다. 하여 온전히 제 몫으로 떨어진 오라비 건사에 제비의 하루하루는 초긴장상태에 이르고 있었다.

제비. 제비를 떠올리자 돈이의 얼굴에 화색이 돌았다. 제비는 대사성 집안의 여종으로, 예뻤다. 얼굴이 반반한 노비라면 주인이 첩으로 삼는 일이 비일비재했다. 그게 아니어도 인사차 들른 친척이 탐하기도 하고, 사돈이 집적이다 데려가기도 하고, 심지어는 소문만 듣고 기회를 틈타온 한량이 덥석 물어가는 경우도 있었다. 하여 그로 인한 분란이 끊이지 않아서, 지저분한 송사는 물론이고 사람이 죽어나가는 강력사건도 간혹 있었다. 구중궁궐에 파묻힌 임금까지 나서서 시시콜콜 참견해야 할 만큼 심각한 경우도 여러 번이었는데, 그중엔 제비의 언니인 앵무의 일도 끼어 있었다.

앵무는 제비보다 아홉 살 위로, 더 예뻤다. 하지만 민광한의 그늘은 그녀를 오래도록 지켜주지 못했다. 열다섯 살 때, 가족과 떨어져 왕실의 종친인 순연군의 집으로 들어간 것이었다. 민광한의 아내인 숙부인 정씨가 대궐 연회에 앵무를 대동하고 갔다가, 노망나기 일보 직전의 순연군 눈에 띄었는데, 앵무에게 첫눈에 반해버린 그가 민광한더러 내달라고 졸랐던 때문이었다.

순연군의 나이 예순둘이었고, 종친 역사상 유례가 없는 일자무식 팔불출이었다. 종실의 교육을 맡은 종학宗學에서 애면글면 공을 들였지만 『효경孝經』의 첫 장도 제대로 외우지 못한다는 치욕의 전설이었다. 아니나 다를까, 첫날 바로 앵무를 어찌 해보겠다고 주책을 떨다가, 놀란 앵무가 휘두른 과도에 이마를 가로질러 검붉은 '一일'자를 새기게 되었다.

묘당의 신하들이 두 편으로 나뉘어 첨예하게 대립했다. 종친의 도덕성을 논한 쪽, 즉 덜떨어진 미꾸라지 한 마리가 물을 흐렸다고 자존심 상한 측과 강상綱常의 윤리를 논한 쪽, 즉 어디 천것이 하늘 같은 상전을 해하려 할 수 있느냐며 심정 상한 측. 하나 상이 촌수로 따지면 구촌 당숙뻘에 해당하는 순연군의 처벌을 내켜하지 않자, 다음엔 목소리가 커진 강상 쪽이 패가 갈렸다. 대저 강상죄는 사정과 형편을 무론하고 본때를 보여줘야 한다는 급진주의적 강경파와, 이가 반은 빠져나간 늙은이가 알몸으로 덮치는 바람에 어린것이 놀라 한 짓이니만큼 살살 다루어야 한다는 온정주의적 온건파. 사방에서 뻘뻘, 거렸다. 한 편이 주인과 종의 관계는 천륜이나 마찬가지인데 증조할아버지뻘 되는 노인을 어찌 해할 수 있느냐고 하면, 반대편은 같은 맥락에서 증손녀뻘 되는 어린아이에게 얄궂은 마음을 품은 것은 뭐가 다르냐고 대항했다. 거기에 당숙뻘 되는 종실 어른에 대하여 지존의 팔은 안으로 굽고 있었느니, 대궐 안팎이 시끄러웠다. 뻘뻘. 하나 국사를 논하는 자리에서조차 명분싸움이 그치지 않자 그에 질린 임금이 서둘러 결론을 내리고 대신들의 입을 막아버렸다.

"죽여 마땅하나 어린 마음에 놀라 그러한 것이니 가여운 마음이 있다. 홑옷만 입혀 물볼기를 친 후 변방의 관비로 보내라."

넓고 깊으신 임금의 은혜였다. 결국 앵무는 허구한 날 들고나는 관료들 틈바구니에서 철저하게 연비와우승妍婢臥牛乘, 즉 '종년 간통은 누운 소 타기'의 수혜자로 남은 생을 보내게 되었다.

"늙을라면 곱게 늙어야제. 낫살을 밑구녕으로 처먹은 것들은 하나같이 잘근잘근 씹어뱉은 담에 자근자근 밟아 죽여야 혀."

그녀의 어미가 꽃 같은 딸을 이름도 들어보지 못한 땅끝으로 보내면서 뜨겁게 게워낸 소리였다.

절통함이 웬만큼 수그러들자 동료 노비들은 제가 처한 각각의 형편대로 그 말을 변형시켜 착실히 되새김했다. 가장 광범위한 변화는 주로 주어의 영역에서 이루어졌는데 예를 들자면, 쪼끄만년은 동네 여종들하고 너니 네니 제 살붙이처럼 트고 지내는 남편 강철근을 일러 '주둥이로 삼킨 밥알을 다리가랑이로 다 뱉는 것들'로, 배사동은 어찌나 덜렁대는지 단 하루도 사고를 치지 않는 날이 없는 아들 덜렁쇠를 일컬어 '똥뒷간에 가서 불알 빠뜨리고 오는 것들'로, 할멈 숭이네는 엄살이 하도 심해서 떨어지는 감에 머리만 맞아도 죽는다고 들어가 누워버리는 손자 모을로를 가리켜 '벼람박에 붙은 채로 썩어 문드러질 것들'로, 대략 그 정도였다. 어쨌든.

행여 운이 닿아 첩이 된다 해도 신분이 달라지거나 심간이 편해지는 것은 아니었다. 노역은 조금도 줄지 않으면서 안주인의 견제까지 받아야 하는 고단함이 추가될 뿐이었다. 아이라도 낳으면, 혹여 그 아이가 총명한 아들이기라도 하면 상황은 십중팔구 더 심각해졌다. 하지만 제비는 주인복이 있었다. 민광한은 부리는 노복들을 살아 움직이는 재산이 아니라 자신과 같은 인격으로 대했다. 더구나 여종들의 경우에는 제 누이나 딸을 대하는 마음에 버금가는 아량으로 살폈다. 안주인 정씨도 인간적이었다. 특히나 제비는 영특하고 속이 깊어 김사현의 처가 어려서부터 귀애하며 곁에 두고 있었다. 하여 제 시아버지인 김석형 대감을 안부하러 올 적마다 달고 왔기 때문에 제비는 명례방 사람들하고도 얼추 안면이 있었다.

돈이의 잦은걸음이 둘 사이에 꽃을 피웠다. 하나 제비는 대사성의 집안에 묶인 노비였다. 노비의 유출은 재산의 손실과 같은 의미였다. 아무리 그 처지가 다른 종들에 비해 낫다 해도 노비는 노비일 수밖에 없었다. 허락을 얻어 혼인을 한다손 치더라도 돈이가 대나무집으로 들어가지 않는 한 두 사람의 한집살이는 불가했다.

돈이는 제비를 솔거노비의 굴레에서만이라도 벗어나게 해주고 싶었다. 붙박이로 옴짝달싹 못하는 몸을 풀어내 자기가 누리는 만큼의 자유만이라도 누리게 해주고 싶었다. 그것이 응당 자신의 몫으로 감당해야 할 권리이자 의무라고 생각했다. 하여 돈이는 악착같이 돈을 모았다. 면천을 하겠다는 것이 아니니 속량贖良이랄 수는 없었지만, 제비를 빼오기 위해 속가贖價에 해당하는 백 냥을 마련하느라고 가리는 것 없이 일을 했다. 하나 백 냥은 일반 양인에게도 쉬이 불릴 수 있는 돈이 아니었다. 시간이 예상보다 오래 걸리겠다는 것을 인정한 날, 돈이는 자신이 흔들리고 있다는 것을 느꼈다. 한데 간신히 일흔 냥 정도를 모았을 즈음, 제비에게 태기가 왔다.

민광한을 찾아가기로 결심한 날 아침, 돈이는 먼저 김석형 앞에 무릎을 꿇었다.

"대감마님! 소인을 통촉하여 주십시오."

'통촉'이란 단어에 김석형이 따뜻하게 웃었다. 그는 언제나 곁에 있는 사람을 훈훈하게 했다. 하물며 역정을 낼 때조차도 상대방의 마음을 다치지 않게 하는 힘이 있었다. 그 미소에 고무된 돈이가 입을 열었다.

"제비를…… 기억하시는지요, 대감마님!"

미소를 걷어내지 않은 김석형이 부드럽게 고개를 끄덕였다.

"그 제비가…… 소인의 아이를 가졌습니다, 대감마님!"

"그랬느냐? 허허허, 좋겠구나!"

"한데……"

돈이는 주춤했다. 침이 마르면서 입 안이 끈적끈적해졌다. 그는 고개는 그대로 숙인 채 눈동자만 올려 김석형을 슬쩍 바라보았다. 검버섯이 막 생기기 시작한 노인의 수척한 얼굴. 그리고 여전한 미소. 햇발이 퍼지는 듯한 노인의 따사로움에 돈이는 순간 명치께가 축축해지는 느낌이었다.

"제비를…… 명례방으로 데려오고 싶습니다. 대사성 나리의 은혜를 생각한다면 죄송스럽고 또 죄송스럽지만…… 면천을 하겠다는 것은 아닙니다. 그저 소인처럼 드나들 수 있게만 해주신다면…… 돈은 있습니다, 대감마님. 힘들게…… 모았습니다. 백 냥을 채우려고 했지만 제 힘으로는 일흔 냥밖에 마련하지 못했습니다. 그래도 대감마님께서 서찰 한 통만 써주신다면 대사성 나리께서 소인과 제비를 통촉하시는 데 큰 도움이 되지 않을까…… 그런 염치없는 생각에 이리 무릎쓰고 말씀을 드리는 것입니다."

돈이가 태어나 처음으로 한달음에 무언가를, 그것도 가장 길게 말해본 날이었다. 돈이는 숨이 찼다. 벌렁거리는 가슴을 진정시키고 싶었지만, 손끝 하나 움직일 수 없었다.

"돈아!"

차분한 음성이었다.

"예, 대감마님!"

"너는 인연이 무엇이라 생각하느냐?"

돈이는 열심히 생각했다. 하나 돈이가 미처 생각을 정리하기 전에 김석형이 먼저 말을 시작했다.

"쌓는 거다."

돈이의 귀가 쫑긋, 했다.

"돈이 너와 나는 어떠한 사이겠느냐?"

"주인과 종입니다, 대감마님!"

"스승과 제자다."

"예?"

"나는 네게 아비의 정을 주고 싶지만, 그것은 마음을 먹는다고 되는 일은 아니다. 하나 혹자가 아들놈 말고 믿고 의지하는 이가 또 누가 있느냐, 내게 물어온다면 나는 돈이, 너를 대고 싶구나."

"대감마님!"

돈이의 이마가 바닥에 닿았다.

"너는 내게 글을 배웠고, 나는 네게서 생활을 배웠다. 그러니 스승과 제자 아니겠느냐? 그리고 너는…… 내 안사람보다도 더 오래 나와 더불었다. 그렇지 아니하냐?"

"……예, 대감마님!"

"길을 가다가 옷깃이 스치는 데만도 그 앞서 삼천 겁의 인연이 있어야 하고, 고작 하룻밤 같이 자는 데도 육천 겁의 인연이 필요하다고 한다. 하면, 슬쩍 옷깃이 닿은 그네들보다 우리가 전생에 누린 인연이 많겠느냐, 적겠느냐?"

"많을 것 같습니다."

"많다 뿐이겠느냐? 만 겁이 지나야 한다."

만, 이라. 돈이는 진심으로 놀랐다.

"전 병판 심윤묵의 집을 아느냐?"

뜬금없는 하문이었다.

"예, 대감마님!"

"가서, 북달재 김가가 오늘 하루 말이 필요하다, 그렇게 전하거라."

돈이가 날았다. 그리고 채 한 점도 안 되어 말이 나타났다. 사인교四人轎와 심윤묵도 함께였다.

"병증이 심한 자네더러 오라는 소리는 아니었네만. 내가 따로 일렀어야 했는데, 내가 잘못을 했어."

"용서하십시오, 스승님. 고작 부스럼 때문에 스승님께 심려가 되었으니 저의 죄가 큽니다."

심윤묵은 김석형의 옛 제자이자 호판 손여완의 막역지우로 피부병이 도져 잠시 정사에서 물러나 있는 상태였다. 김석형과 가장 지척에 있어 문이 닳게 드나들었지만, 병이 심해진 후로는 자신의 상한 모습이 스승께 누가 될 거라며 자진해서 출입을 삼가고 있었다. 그런 그가 스승이 모처럼 출타한다는 소식에 꼼꼼히 수행 채비를 해 달려온 것이었다. 그러고는 행선지도 모르면서 길을 잡겠다고 앞을 나섰다. 김석형은 사양했다. 하지만 심윤묵의 고집도 만만치 않았다.

"못난 스승을 닮아 하나같이 모자라구나!"

그예 길을 따라나선 심윤묵을 두고 김석형이 웃으며 건넨 말이었다.

번잡한 운종가를 피해 돌았기 때문에 돈이는 제 상전의 목적지를 미처 파악하지 못했다. 하나 익숙한 풍경이 나타나기 시작하자 돈이는 다시 심장이 벌떡거리는 것을 느꼈다. 대나무집, 민광한의 사저였다.

김석형은 안에서 두 시진 정도를 머물렀다. 긴 시간이었다. 석간주로 붉게 칠한 기둥에 맥없이 기대앉아 있던 돈이는 한나절 만에 눈에 띄게 초췌해진 상전과 함께 북달재로 돌아왔다.

돈이가 김석형 앞에 다시 무릎을 꿇었다.

"그새 때꾼해졌구나. 맘이 부대낀 게지?"

"아닙니다."

"새사람 맞을 준비를 살뜰하게 해두어라. 10월 말쯤, 제비가 올 게다."

"예?"

"명천현감 임기가 올 겨울이면 다한다. 사현이가 올라오면 명례방에 집을 구할 것이니, 그때 제비가 아이들을 도와주면 되겠구나. 그리고 일흔 냥이면 거금 아니겠느냐? 모으느라고 애썼다. 잘 갈무리해두었다가 좋은 전답이 나오면 사는 것이 어떨지. 이 늙은이 생각은 그렇다."

"대감마님!"

"바깥바람이 과했나보구나. 늙은이는 좀 누워야겠다."

김석형의 이부자리를 봐주면서 흐르기 시작한 돈이의 눈물은 아궁이에 군불을 때는 동안 정점에 올랐다가, 꼭 닫힌 머름창 아래에서 간신히 진정되었다. 돈이는 자신의 머리카락을 뜯어 짚신을 삼아 남편의 관에 넣었다는 그 누군가의 심정을 고스란히 이해할 수 있을 것만 같았다.

한가위가 지나고 돈이네에 새식구가 들어왔다. 배가 봉긋하게 부풀어오른 제비였다.

"제비 네 혹에 비하면 내 혹은 혹도 아니여. 그래 큰 혹을 달고 조막만한 기 우찌 살았는고?"

고읍동의 말처럼, 제비가 오던 날 혹이 하나 더 붙어왔다. 영득이었다. 돈이가 제비를 식구로 들이면서 탈 많은 처남까지 거둔 것이었다. 민광한도 두말없이 내주었으며, 고읍동도 반대하지 않았다. 돈이가 집을 비울 적마다 노사랑으로 직행할 수밖에 없었던 외로운 신세에 심심파적이라도 되겠다 싶어서였다. 인내심을 가지고 잘만 가르쳐놓으면 오른팔 노릇도 할 터였고.

공생원은 돈이의 순애보에 진심으로 감동을 받은 터였다. 게다가 돈이와 제비는 천생배필이라는 말이 저절로 나올 정도로 잘 어울렸다. 그는 신혼의 부부를 볼 적마다 흐뭇하기가 이루 말할 수 없었다.

"딱한 놈!"

별반 받는 것도 없이, 퍼줄 것만 빚으로 달아놓은 돈이의 삶이 공생원의 눈에는 고단해 보였다. 그는 공희달을 떠올렸다. 형된 죄로 아우의 식구들까지 어깨에 매달고 허덕대온 큰아버지의 예전 시간들이 갑자기 눈물겨워졌다. 그리고 혼인해 교서관골을 떠나고부터 큰댁 출입을 최소, 간소화한 자신의 졸렬함이 부끄러워졌다.

"장한 놈!"

공생원이 보기에 돈이의 잘생긴 얼굴은 늘 그늘져 있었고, 그 착색이 지나쳐 아예 낯빛으로 착각할 정도였다. 박탈당한 것이 너무나도 많았지만, 언제나 그것들을 혼자서 겪어내야만 했던 동심이 그 내력일 것이었다. 하지만, 그럼에도 불구하고 올곧게 자라준 한 인간에 대하여 공생원은 진심으로 경외했다.

공생원이 마지막으로 한마디를 덧붙였다.

"고마운 놈!"

돈이가 용의선상에서 제외되었다. 공생원이 돈이를 용의자로 지목한 지 정확히 이레 만이었다.

알도 임술증

한성부에서 아뢰기를,

"중부 정선방에 사는 사노私奴 숙손의 아내 수영이 이달 4일에 딸을 낳았는데, 보니 머리가 둘인지라, 주변이 당황하여 우왕좌왕하던 중 어미와 더불어 모두 죽었습니다."

하니 상께서 승정원에 전교하기를,

"옛일과 『문헌통고文獻通考』를 보아도 그와 같은 변이가 없었다. 닭의 경우에는 혹 머리가 둘에 발도 둘인 변이가 나온 적이 있으나, 어찌 사람으로서 이러한 것이 있겠는가. 더구나 서울에 이런 일이 있으니, 더욱 놀랍다. 홍문관에게 널리 살펴서 아뢰게 하라. 내가 살펴보건대, 한평제漢平帝 원시元始 원년 유월에 장안의 여자가 아이를 낳았는데, 목이 둘에 머리도 두 개가 달리고 얼굴을 서로 마주한 상태에서 네 팔은 가슴과 한가지로 모두 앞을 향하였다고 하였으니, 이것과 서로 닮았다. 이번 변이의 두 머리는 마주하였는지 어떠한지, 그 부의 관원을 시켜서 다시 살펴 아뢰도록 하라."

고로 승정원이 살펴 다시 회계하기를,

"두 목과 두 머리가 나란히 한 몸 위에 있고 그 두 머리에 눈, 코, 입, 귀가 각각 있었다고 합니다."

드디어 궁금증이 풀린 상께서 답하시기를,

"알았다!"

그 일이 있고부터 정선방은 이미 도성 안에 유명해진 터였다. 사람들은 하나같이 망측하고 해괴한 일이라며 수군거렸고, 혹 숙손의 집안이 지신地神에게 해코지 받을 만한 죄라도 숨긴 것이 아니냐며 억울한 소리까지 해댔다. 그러고는 무슨 희한한 일만 생기면 정선방을 들먹였다. 얼마 전 명례방에 꼬리 끝이 세 가닥으로 갈라진 검은 고양이가 얼룩의 색이 제각각인 제 새끼들을 몰고 하루 종일 배회한 적이 있었는데, 그때도 사람들은 그 일에 정선방을 갖다붙였다.

"필시 정선방 태생일 것이야."

"땅이 흉하다 하지 않던가."

하나 땅이 무슨 죄겠는가. 그 땅을 밟고 사는 인간들끼리의 문제인 것을. 그런데도 사람들은 하늘이든 땅이든, 그 무엇을 탓하는 데서 기력을 모으는 모양이었다.

그 정선방이 임술증에게는 애증의 장소였다. 정, 선, 방, 그 세 글자를 대할 적마다 임술증의 맥박은 어김없이 빨라졌다. 그곳엔 통례원通禮院이 있었고, 임술증은 그 통례원의 가인의假引儀가 되지 못한 것이 천추의 한인 사내였다.

통례원은 나라의 온갖 의식을 맡아보는 관청으로 홀기笏記를 잘 부르는 목청 좋은 사람들을 뽑아 품계에 따라서 임명하였다. 하니 우선 말단 가인의라도 되고 나면 그다음부터 승차는 순조로울 터였다. 하지만 그는 한성판윤에 딸린 알도喝道에 불과했고,

허구한 날 "휘이! 물렀거라! 판윤대감 행차시다!"가 아니면 "휘이! 길 비켜라! 판윤대감 행차시다!" 하며 벽제辟除나 하는 게 고작이었다. 사실 알도는 원래 갈도였다. 쓰인 한자나 의미로 보면 갈도가 맞았다. 하지만 사람의 입은 발음하기 편한 쪽으로 단어를 변화시키는 데 탁월한 재주가 있었다. 하여 언제부터인가 갈도는 어엿하게 알도로 바뀌어 불리고 있었다.

임술증은 술 한 잔만 들어가면 "목청 하나는 나를 따를 자가 없거늘…… 세상이 나를 못 알아보고……", 하면서 성질을 부렸다. 그의 신경질은 대단했다. 맘처럼 되지 않는 제 인생에 대한 분풀이를 한성판윤의 권세로 업었으니 실로 가관이었다. 길을 틀 때마다 붉은 몽둥이로 사람들을 내려치기가 일쑤였고 발길질도 다반사였다. 그래도 주인의 물건이라고, 허리춤에 끼고 다니는 안롱鞍籠만큼은 망가뜨리지 않아서 그나마 다행이랄까. 안롱은 가마덮개인데 보통 기름 먹인 종이로 만들곤 하지만 판윤의 것은 바다수달의 가죽이었다. 손상은 곧 변상을 의미했다. 하지만 일개 알도에게 그만한 자금이 있을 리 만무. 성질도 요령껏 부려야 했다.

그가 모시는 주인이 정신이 제대로 박힌 사람이었다면 그 행패를 모른 척할 리 없었겠지만, 한성판윤 김세훈 또한 거기서 거기인 인물이었다. 김세훈은 일등공신 구정현의 맏사위로 총명함이 뛰어나 다섯 살 때 사서삼경을 떼었다는 천재였다. 하나 김세훈의 부모가 그의 학문적인 능력에만 집착하고 인성교육에는 도통 주의를 기울이지 않았던 탓에, 성격은 거의 변태적인 수준이었다. 어려서부터 주변의 관심을 독차지해서인지 지독하리만큼 이기적인데다가 자신에게 집중되는 시선을 병적으로 즐겼다. 그 성정은 임술증의 패악을 오히려 부추기고 싶은 마음을 체면상 애써 참는 정도로 심각한 지경에 이르고 있었다. 그러니 아랫것들은 오죽하랴. 개도 기르다보면 제 주인을 닮는다더니, 똑 그 짝이었다.

임술증이 처음부터 괴팍했던 것은 아니었다. 음울한 기운이 돌기는 해도 썩 친절한 사내였다. 조용하면서도 붙임성이 있어 그 누구에게나 싹싹했기로 사람들도 대부분 그를 좋게 보았다. 또한 한번 마음을 튼 사람에게는 집착에 가까우리만치 몰두하고 끝까지 신뢰를 지키는 일편단심 성향이어서, 돈독한 지기도 여럿이었다. 그 성격대로 애정사 또한 전설적이었다.

임술증의 아내 서분은 애꾸 박박수의 외동딸이다. 박박수의 내력은 명례방 이전과 명례방 이후로 확연하게 구분되는데, 이전 시기에 대해서는 알려진 바가 전혀 없고, 그 이후의 시간들은 명례방 사람 모두가 공유한다고 해도 과언이 아니었다.

박박수가 명례방에 처음 나타났을 때, 사람들은 그를 연산군 시절에 빌붙던 낭중郎中으로 알고 쫓아내려 했었다. 낭중은 사족의 집을 제집처럼 드나들면서 사람을 속이는 것은 기본이고, 남자이면서도 여복女服을 하고 아녀자 처소에 들어가는 등 풍기 문

란의 주범이었기에, 여염에서도 혐오의 대상이었다. 무슨 이유에서인지 박박수도 제 변명에 열심을 내지 않아서 가여운 부녀의 운명은 풍전등화에 다름아니었다. 하지만 사람들은 끝까지 모질 수가 없었다. 박박수가 들쳐업은 아기의 또랑또랑한 눈망울이 그들의 마음을 흔들었던 때문이었다. 게다가 박박수의 생김새 또한 그 결정에 한몫 단단히 들었다. 쓸데없이 키만 커서 구부정해진 몸이 지나치게 야위어 볼품이 없어 보이는데다, 어딘지 모르게 처량해 보이는 분위기가 집단적인 측은지심을 발동케 한 것이었다. 하여 어영부영 눌러앉을 수 있었다.

박박수는 명색이 박수임에도 나타내는 신력은 영험과 거리가 있었다. 시간이 흘러 경험이 쌓일수록 사람들도 박박수에게 별반 기대하는 것이 없게 되었다. 그 외양에서 무슨 신통한 것이 나올 수 있겠느냐는 것이 그를 향한 세간의 평가였다. 그래도 무격이었다. 아쉬운 발걸음이 아예 없지는 않았다.

"이보시오, 박박수! 내 자식 운이 어떠한 것 같으오?"

대장간 주가의 눈빛이 형형했다. 갈급함이 오죽했으면 박박수를 찾았겠는가만, 뜸을 들이던 박박수가 마지못해 적어 보여준 것은 계집 녀女자 세 개였다.

"간姦? 이게 무어요? 혹 지금 뱃속에 든 것이 내 마누라가 어디서 주워온 씨라는 뜻이오?"

"딸이 셋이라는 뜻이지요."

"뭐요? 이런 실없는 사람 보게. 그걸 누가 모르오? 이미 밖으로 나와 있는 것들 말고 뱃속에 들어 있는 놈 말이요. 어찌, 아들이요? 달랑달랑, 뭐 그런 거 안 보이오?"

"……"

"왜 아무 소리가 없는 게요? 누구 복장 터지는 꼴 볼라 그러오? 뭐 보이는 것이 없는가 말이오?"

"허! 뱃속이 하도 캄캄하여 보일 것이 보이지 않으니 무어라 말하기가……"

"뭐요? 캄캄해서, 뭐요? 당신 무당 맞는 거요?"

"제가 알기로는 그렇지요."

결국 주가는 별반 영양가 없는 헛소리만 주고받다가 혈압이 있는 대로 올라 씨근덕거리며 돌아갔다.

딱히 주가의 경우가 아니어도 박박수의 점은 대체로 그런 식이었다. 하여 박박수에게 점 보러 가느니 자식 불알점을 치는 게 낫겠다는 체념 섞인 우스개까지 돌았다. 그래도 박박수는 굿만큼은 거방지게 잘 놀았다. 그가 모란을 수놓은 관모에 붉은 무복으로 여장을 하고, 버선코에 매단 삼색의 술을 탈랑대며 나는 듯이 나타나면 대번에 판이 욱시글거렸다. 북장단은 시작도 안 했는데 벌써부터 어깨를 들썩이는 이들까지 있었다. 그 흥겨움이 어찌나 대단한지, 그 신명이 집안의 화를 몰아내줄 거라는 희망으로 박박수를 찾는 이들이 꾸준했다.

그런 제 아비에게 눈썰미뿐 아니라 귀썰미도 있는 서분이 어려서 물은 적이 있었다.

“아버지. 사람들은 참 이상해요. 다른 당골들한테는 굿 좀 쳐 주시오, 하면서 왜 아버지한테는 굿 좀 놉시다, 하는지. 왜 그런대요?”

“사람들이 아부지를 좋아해서 그러지. 우리 서분이도 맘이 맞는 동무하고만 자꾸 놀게 되고 그러지? 다 큰 어른들도 속은 애 같아서 싫어하는 사람하고는 안 놀거든.”

말은 대강 주워섬겼지만 박박수 본인도 서분의 말을 듣고서야 사람들이 자신의 굿을 구별해서 부른다는 것을 알았다. 하지만 그의 머리로는 이유를 가늠할 수 없었고, 혹시 자신의 눈이 하나밖에 없는 것하고 무슨 연관이 있나 해서 괜한 맘고생도 한 적이 있었다. 그 답답함은 서분이 시집가기 전날에 이르러서야 해결되었다.

가치울댁의 마음 씀씀이가 푼푼하다는 것을 알고, 제 아비를 두고 가는 일에서 걱정을 덜어낸 서분이 혼사 전날 이런저런 이야기 끝자락에 제 의견을 달았다.

“저는 아버지가 자랑스러워요. 다른 사람들이 힘들고 어려울 때 함께 놀아주는 아버지가 정말 자랑스러워요. 저는 왜 사람들이 아버지한테만 굿을 놀아달라고 하는지 이젠 알아요. 치는 거랑 노는 거는 분명히 다른 걸요. 치는 거는 촘촘하고 팽팽해야 하지만, 노는 거는 그냥 헐겁고 느슨해도 돼요. 치는 거는 왠지 세고 빨라야 할 것 같지만, 노는 거는 약하고 느려도 누가 뭐라지 않을 테구요. 무엇보다도 치는 거는 혼자 하지만, 노는 거는 상대가 있어야 해요. 함께해야 하는 거예요. 그래서 저는 아버지가 박수인 게 좋아요. 저한테 그랬던 것처럼 언제나 다른 사람들을 달래주고 어울려주고 그러는 아버지가 참 좋아요."

박박수의 눈에 그렁그렁하게 눈물이 고였다.

서분이 그렇게 큰 데는 어려서부터 따라다닌 굿판의 영향이 컸다. 박박수는 제가 벌이는 판마다 빠짐없이 어린 서분을 데리고 다녔다. 보따리를 이고 지고 들기까지 하느라 아이 손을 잡을 수 없던 박박수가 무명끈으로 제 허리와 아이 허리를 연결해 끌고 길을 나서면, 이웃들이 서분의 동그란 머리통을 쓰다듬으며 먹을거리를 쥐여주곤 했다. 박박수가 따로 끼니를 챙기지 않아도 서분이 배고플 겨를이 없을 정도였다. 그 가욋벌이가 꽤 쏠쏠하다는 것을 깨달은 박박수는 주는 것마다 알뜰히 챙겨넣으라며 서분에게 주머니를 다 만들어주었다. 얍삽하다고 할 수도 있었지만, 사람들은 흉보지 않았다. 오히려 주머니가 넘치게 채워주었다. 그럴 적마다 조막만한 서분은 고맙습니다, 고맙습니다, 야물고 공손하게 인사를 챙겼다. 그랬던 아이가 훌쩍 커서는 제 아비를 갸륵하게 보살피며 신산한 속내까지 어루만져주고 있었다.

"내가 뭘 했다고 딸년이 저리 신통하게 컸는가 몰러."

서분이 제 방으로 돌아간 뒤, 심란해진 박박수가 밤을 홀딱 새우며 혼자 골백번도 더 중얼거린 소리였다.

서분은 요요한 처자였다. 균형이 잘 잡힌 달걀 모양의 갸름한 얼굴에 누에나방의 눈썹과 마늘쪽 같은 코, 붉은 입술의 섬세한 선까지 어느 한군데 흠잡을 곳이 없었다. 게다가 크지도 작지도 않은 키에 도드라진 가슴과 퉁퉁한 엉덩이, 그러면서도 전혀 부하지 않은 살집. 전체적으로 귀티마저 흐르는 것이 잘 먹고 곱게 큰 사대부가의 여식보다 그 품위가 못하지 않았다. 박수 딸년 주제에 가당치 않은 외모라 해서 주변 처자들의 질투가 심했지만, 서분이 워낙 엽렵한지라 큰 말썽은 없었다. 한량들이 수작을 건 적도, 정식으로 청혼한 적도 여러 번이었다. 하지만 그때마다 박박수의 외눈이 번쩍, 하면서 시퍼렇게 빛을 냈고, 그들은 바로 꼬리를 내렸다. 애꾸 박수의 저주에 말려들고 싶지 않다는 두려움에서였다. 신기를 거슬렀다가 비명횡사한 인사들의 내력이 곳곳에 널려 있었다. 이웃들은 하나밖에 없는 딸자식 처녀로 늙어죽는 꼴을 그예 보고야 말 거라며 박박수를 핀잔했다.

그 발광하는 눈빛에 기죽지 않은 이가 바로 임술증이었다. 그때만 해도 임술증은 교서관골 구석의 손바닥만한 밭뙈기에서 제 부모 농사일을 돕던 평범한 총각이었다. 하지만 소리하며 빈둥대는 것 외에는 만사에 관심이 없는지라, 그의 부모가 도대체 무엇으로 아들의 마음을 잡아야 할지 모르겠다면서 애를 끓였다. 그랬던 임술증이 달라진 것은 서분을 만나면서부터였다. 그리고 그 인연은 임술증의 할머니가 맺어준 셈이었다.

임술증의 할머니 되는 남양댁의 정신이 쉰아홉번째 해를 맞이하고부터 오락가락하기 시작했다. 바로 전날에 일어났던 일도 머릿속에 간수를 못 하는데다, 밤이면 잠을 안 자고 방마다 기웃거리는 바람에 식구들은 식구들대로 미칠 지경이었지만, 무엇보다도 며느리인 술증네가 환장할 일은 남양댁이 자신을 자꾸만 석재춘으로 착각하는 것이었다. 석재춘은 술증네의 작은시어머니, 그러니까 남양댁이 제 남편을 평생 양보해야 했던 숙명의 상대였다. 지금도 두 내외가 말짱하게 살아서 살곶이에서 말을 키우며 살고 있었다. 남양댁이 석재춘을 드러나게 시기하거나 흉보거나 한 적은 없었다. 만나서는 의좋게 굴고, 안 볼 때는 무심하게 살더니 이제 와 툭하면 재춘이 이년, 재춘이 저년, 해가면서 며느리를 들볶았다. 남양댁이 호두나무 서랍함 속에 감춰둔 약과처럼, 꼼꼼하게 숨겨놓았던 감정에서 곰팡이가 피어오르고 있었다. 그녀의 모지락스러움은 날마다 퍼렇게 번식해갔다. 게다가 어찌나 입맛이 까다로워졌는지, 끼니마다 계란을 하나씩 부쳐 밥 위에 얹어주지 않으면 밥상을 뒤엎기도 했다.

맘고생, 몸고생에 지친 며느리 술증네가 앓는 소리를 했다. 하지만 남양댁에게서 딱히 겉으로 드러나는 특이증상이 없다보니 주변에서는 애꿎게도 술증네만 타박하기 일쑤였다. 그도 그럴 것이 남양댁의 비단결 같은 심성은 교서관골에서 모르는 사람이 없을 정도였다. 그런 시어머니가 어느 정도 총기를 잃었다고 해서 며느리가 싫은 내색을 하면 되겠느냐, 그런 의미였다. 하지만 먹장구름이 시꺼멓게 하늘을 뒤덮었던 어느 날, 비명을 지르며 옆집으로 숨어든 술증네로 인해 그 사태의 심각성이 만천하에 드러났다. 양손에 다듬잇방망이를 들고 쫓아온 남양댁의 입에서 게거품이 보글거리고 있었다. 이유인즉슨 자신을 우습게 알아 창포물을 대령하지 않는다는 것.

"남양댁 할머니요, 지금이 10월 중순인데 술증네가 어데 가서 창포물을 구해온답니까?"

이웃들이 이구동성으로 뜯어말렸지만 남양댁은 수그러들지 않았다.

"석재춘이, 이년! 니가 이 성님을 뭐로 보고."

"재춘이 저년이 조강지처인 나를 열 자는 더 밑으로 두었다."

"시앗 주제에 서방 달고 사는 위세가 대단하구나. 똥으로 개칠할 년."

고래고래 악을 쓰며 난동을 부리던 남양댁은 한참 만에야 제풀에 지쳐서는, 던져버린 신발짝을 주섬주섬 꿰어신고 횡설수설하면서 돌아갔다. 술증네가 흙바닥으로 뭉그러졌다. 한 호흡 뒤, 구름을 뚫은 가는 빛 한 줄기가 그녀를 조준했다. 모두 눈이 부셨다.

"아요, 아요!"

볼썽사납게 다리를 쫙 벌리고 널브러져 앉은 술증네가 고개를 직수그린 채로 신음하기 시작했다. 그녀의 맹맹한 코가 벌름거리면서 '요'의 뒤를 간드러지게 바꾸었다. 그러더니 사시나무 떨듯 몸을 떨어댔다. 이웃들이 안쓰러움으로 만져주는 눈길에 오므라지던 설움이 북받쳐오른 것이었다.

"아이고, 아이고!"

더 세지고 날카로워진 곡소리가 멀리까지 울려퍼졌다. 눈과 귀가 꼬일수록 소리는 애절해졌고, 몸짓은 더 처절해졌다. 끊임없이 재생되는 소리에 사람들이 질릴 즈음, 눈물로 불어터진 그녀가 하나둘 제 옷을 풀어헤치기 시작했다. 그러고는 손가락으로 몸뚱이 이곳저곳을 짚어 보여주기 시작했다. 얼룩덜룩했다. 손톱으로 할퀴거나, 꼬집어 쥐어뜯거나, 주먹에 날을 세워 때리거나 할 때 생길 수 있는 멍과 상처 들이 피부 곳곳을 침투해 있었다. 사람들이 기함을 했다.

"망령이 사람 잡겄다."

그러고는 맘을 모아 돈을 추렴해 굿판을 차려주었다. 한데 그 굿판에 서분이 따라왔고, 그 서분에게 임술증이 고만 미쳐버린 것이었다.

서분을 만나고 나서 임술증에게 일어난 가장 큰 변화는 부지런해졌다는 사실이었다. 사소한 몸놀림도 빨라졌을 뿐더러 일과 재물에도 부쩍 욕심을 부리기 시작했다. 처음엔 소리판을 기웃거리기도 했다. 하지만 예인의 길이 험난한 것은 둘째 치고, 돈 한 푼 만지기까지의 세월이 하 수상하다는 판단하에 주저없이 마음을 접었다. 그러고는 잘생긴 외모와 타고난 목소리를 이용해 시전에서 행상을 하면서, 밥값 이상의 것을 모으기 시작했다.

그래도 쓸 거, 안 쓸 거 죄다 건너뛰는 와중에도 서분 챙기는 일만은 소홀하지 않아서, 박박수의 집을 제집처럼 드나들며 힘쓸 일을 도맡아 하고 대소사도 열심히 챙겼다. 게다가 어찌나 낭만적인지 철마다 다른 꽃들을 구해와 매일 아침 서분의 신발 속에 넣어두곤 했다. 결국 서분은 제 신짝 안에 노란 마타리가 다발로 들어 있던 날, 하르르 무너지고야 말았다. 그 꽃말이 잴 수 없는 사랑이라나, 뭐라나.

그렇게 공들인 아내가 친정으로 가 돌아오지 않고 있었다. 핑계는 있었다. 새어머니의 산후조리.

서분이 시집가고 나자마자 박박수는 새사람을 들였다. 가치울댁이었다. 가치울댁은 부평서 시집와 대갓집에 유모로 들어앉은 아낙인데, 가는귀가 먹어 동문서답이 잦았다. 그런 그녀가 딴소리하기로는 어딜 가도 빠지지 않는 박박수와 살림을 합쳤으니 대략 만사가 난감할 일이었지만, 실상은 달랐다. 신중한 인연이었다. 큰소리 한번 내지 않아도 알아들을 것은 다 알아들었고 힐끔, 곁눈질만으로도 모든 것을 분별하고 이해했다. 그 화합에 삼신할머니도 보답했다. 채 일 년도 되지 않아 가치울댁에게 아이가 들어섰다.

"뱃속에 뭣이 들었는지 모르지만 서분이를 닮아 효심이 깊다."

서열을 염두에 둔 이웃들의 의견이었다. 손자보다 어린 자식을 본 이들이 한둘이 아니라지만, 그래도 순서가 맞는 것이 당사자가 겪기에도, 남이 보기에도 편안한 법이었다. 서분에겐 아직 아이가 없었고, 그것을 그 누구보다 가치울댁이 미안해하고 고마워했다.

어찌 되었든 임술증은 부아가 났다.

"삼칠일을 채웠으니 이제 다 된 것을, 이 사람이 왜 나를 버려두고…… 우라질!"

올 때가 지났는데도 돌아오지 않는 서분 때문에 그새 술과 욕이 더 늘어난 임술증은 만나는 사람마다 꼴보기 싫고, 하는 일마다 지겨워 죽겠는 심정이었다. 신혼 초부터 자잘한 충돌이 많았던 사이인지라 잠시 떨어져 있을 시간이 필요했고, 때맞춰 가치울댁이 해산을 하여 자연스럽게 가지게 된 별거기간이었지만, 임술증은 아내가 자꾸만 자신을 피하는 것 같아 서서히 초조해지고 있었다. 그래도 조금만 더 참고 있으면 서분이 알아서 돌아갈 일이었지만, 나이를 먹을수록 참을성이 줄어가던 임술증은 더이상 기다리지 못했다. 잘 구슬려 데려와야겠다고 작정을 하고는 술김에 처가로 쫓아갔다.

박박수 내외는 출타중이었다. 가치울댁이 유모로 몸담고 있던 집에 함께 인사를 간 것이었다. 서분 혼자 지키고 있는 처갓집이 임술증의 눈에 만만했다.

"야!"

처음부터 막 나가는 임술증을 보고 서분이 미간에 주름을 잡았다. 안 그래도 술이라면 냄새만 맡아도 머리가 아픈 서분이었다. 부부 사이에 일어나는 문제도 그녀의 입장에서 보면 대부분이 술로 인한 것들이었다.

"곧 갈 텐데 뭘 와요. 술 깨거든 데리러 오세요."

"이런 넨장!"

그러고는 무턱대고 서분을 끌어내려 잡아당기는데, 순순히 응할 서분이 아니었다. 그리고 서분은 어려서부터 농으로라도 욕을 들으면 더 엇나가곤 했다.

"날 밝으면 아버지한테 인사도 드리고, 그러고 갈게요."

꼬박꼬박 예의바른 대꾸였지만 손으로는 계속해서 남편을 뿌리치고 있었다. 더불어 임술증의 입에서는 제길과 넨장, 그리고 우라질이 차례대로 반복되었다. 실랑이가 점점 거칠어졌다. 밀고 뿌리치고 당기는 와중에 감정이 점점 격해지고, 주고받는 힘에도 무게가 실리기 시작했다. 결국 임술증의 눈이 돌아갔다. 되는 대로 서분을 때리기 시작하는데, 대책없이 맞는 쪽이 제 마누라라는 의식은 눈곱만큼도 들지 않는 모양이었다.

제일 먼저 부러진 것은 왼쪽 손목이었다. 밀려 자빠진 서분이 얼굴로 날아드는 남편의 발길질을 막겠다고 팔을 들었다가 졸지에 당한 부상이었다. 팔을 움켜잡은 오른손이 바들거렸다. 뜯긴 저고리에서 매듭 풀린 고름이 할랑거렸다. 그다음은 어깨였다. 고의적인 행동인지 아닌지 판단할 수는 없지만, 임술증의 폭력은 얼굴 부위로만 집중됐다. 그러다보니 웅크린 몸에서 얼굴 대신 맞는 곳은 당연히 어깨일 수밖에 없었다. 단 두 번의 가격으로 금이 가며 탈골됐다. 그리고 귀가 찢어졌다. 덜렁거리는 귓밥 아래로 피가 연신 흘러내렸다. 풀어진 머리카락이 피와 엉켰다. 그런데도 서분은 아무런 소리도 내지 않았다. 해거름 마당에서 이리 차이고 저리 굴러가면서 그저 앙버티고만 있었다. 그때 박박수가 돌아왔다. 들고 있던 보퉁이가 떨어지면서 안에 있던 것들이 쏟아져 붉게 뭉개졌다. 홍시였다.

"아아악!"

뒤따라 들어오던 가치울댁이 기겁을 하며 소리를 질렀다. 청력에 문제가 많은 그녀답게 소리가 높았지만 패악을 부리느라 바쁜 임술증의 귓구멍을 뚫지는 못했다.

박박수의 하나밖에 없는 눈에서 불꽃이 일었다. 그래도 박박수는 망나니처럼 구는 사위에게 무모하게 덤비지 않았다. 구부정했던 허리를 곧추세워 순식간에 키를 키운 박박수가 그 즉시 취한 행동은 신당에서 굿 놀 때 쓰던 언월도를 찾아내온 것이었다. 날카로운 은빛이 허공을 가르는 동안, 칼등을 뚫어 매단 붉은 술이 차르르, 몸을 털었다. 가치울댁이 옆에 서 있는 나무를 붙잡은 채로 주르르 미끄러져 내렸다.

"여, 여, 여보! 안 돼요."

그녀는 외친다고 외쳤지만, 그 소리는 송장 콧김보다도 힘이 없었다. 본인도 듣지 못한 소리가 해거름 속으로 풀어져 사라졌다. 가치울댁이 곧 기절해버릴 것만 같다고 느낀 순간, 박박수가 칼을 돌려 자루 쪽으로 고쳐 잡았다. 그제야 그녀는 간신히 안정을 찾을 수 있었다. 박박수는 늙은이답지 않은 재바른 몸놀림으로 마당을 가로질러 임술증의 뒤로 갔다. 그리고 언월도가 고정된 단단한 자루로 있는 힘껏 그의 등을 내리쳤다. 그 와중에도 머리를 쳐서는 안 된다는 생각을 한 걸 보면 박박수는 냉정했다. 임술증이 휘청, 하면서 몸을 돌렸다. 하지만 제 장인의 눈을 마주치지는 못했다. 곧 이은 엄청난 가격이 그를 무너뜨렸기 때문이었다. 그래도 박박수는 멈추지 않았다. 부러지거나 깨지지 않을 곳만 골라서 두들겨댔다. 흠씬. 맞춤한 표현이었다. 가치울댁이 아무래도 고만 말려야겠다고 생각하는 순간, 박박수가 짜개진 언월도를 내던졌다. 짜그락, 자루가 마저 조각났다. 파들거리면서도 꼿꼿하게 선 그가 의식을 잃고 널브러진 사위를 노려보았다. 마치 앞에 서 있기만 해도 베일 것 같은 눈길에 가치울댁이 몸을 떨었다. 품의 아기도 조용했다. 박박수의 시선이 기절한 서분에게로 향했다. 그의 눈이 깊어졌다.

'저것이 나한테 어떤 딸인데……'

두 호흡 뒤 박박수가 임술증의 몸 여기저기를 발로 툭, 툭, 건드리기 시작했다. 상투 꼭지에서 발바닥까지 한 바퀴를 다 돌더니 마지막으로 옆구리를 세게 질렀다. 임술증이 억, 하는 신음소리를 내며 한 바퀴를 구르다 멈췄다.

코며 입으로 피를 줄줄 흘리는 딸을 뒤에 두고 박박수가 의원으로 내달렸다. 뼈가 부러졌을 때는 함부로 움직여선 안 되니,

바로 눕혀놓고 살피고 있으라, 가치울댁에게 단단히 이르고 나서였다. 그리고 얼마 지나지 않아서 버선발에 의관도 제대로 챙겨입지 못한 채의가 박박수에게 끌려들어왔다.

다음날 새벽까지 마당에 방치돼 있던 임술증은 일언반구의 염치도 없다는 걸 깨닫고는 아무 말 없이 제집으로 돌아갔다. 그리고 바로 끙끙 앓기 시작했다.

한데 공생원의 문제는 그때부터가 시작이었다. 마나님이 이웃하고 사는 처지에 다쳐 누운 사람 모른 척할 수 없다면서 임술증의 집을 드나들기 시작한 탓이었다. 임술증과 담 하나를 사이에 둔 앵두네가 어련히 알아서 하겠는가만, 마나님은 걸음을 그만두지 않았다. 그것만 해도 부아가 날 일인데, 남들이 다 딱하게 여기는 서분을 두고 욕을 했다.

"계집이 그렇게 대가 세서 어디에 쓰겠습니까? 제 서방 내팽개쳐두고 그리 오래 나가 있는 것도 우습고, 서방이 데리러 갔을 때 고분고분 따라왔어야 하는 걸 그예 마다해서 일낸 것도 기차고."

"임알도에게 얼마나 시달렸으면 그리했겠소."

"그래 봐야 그게 무슨 고생 축에나 든다고. 혼인하고부터 사내가 거칠어졌다 하면 그게 다 안사람 책임이거늘, 서방 망친 죄인이 어디……"

"말이 좀 심하오."

"지금 누구 편을 드시는 겝니까? 혹 서분이한테 딴맘이라도 있으십니까?"

"무슨 그런……"

공생원은 그날 밤 잠자리에 누워서야 방바닥을 치며 후회했다.

'그럼 자네는 임알도에게 먹은 맘이 따로 있어 편을 드시는가, 그렇게 말을 했어야 했거늘. 그때는 왜 그 생각을 못 했을꼬? 내가 정녕 나 때문에 미치는 날이 오고야 말 거라.'

그 이후로 임술증은 박박수에게 한 번 더 맞았다. 달라진 것이 있다면 임술증이 맨정신이었다는 사실이었다. 그런데도 임술증은 장인의 폭력에 전혀 방어하지 않았다. 죽은 듯이 맞고만 있는 사위를 보고도 분이 덜 풀린 박박수가 마루를 굴렀다.

"니 애비, 에미가 와서 손바닥이 녹게 빌어도 내 딸 다시 못 내준다, 이 왈패놈아!"

"찢어진 입이 있어도 서분이나 내 앞에선 그 어떤 말도 못 할 줄 알아라, 이 망나니 같은 놈아!"

임술증이 멍이 채 가시지 않은 몰골로 꿇어앉아 날을 새웠지만, 그는 결국 서분을 보지 못했다. 부목을 대고, 붕대로 친친 감고 누운 서분이야 그래도 서방이라고 임술증을 방으로 들여놓기를 원했으나, 박박수가 길길이 뛰었다.

"언, 감, 생, 심."

딸을 향해 또박또박, 힘주어 말한 네 글자였다. 그리고 임술증을 향한 독설이 다시 시작되었다.

"개과천선을 아흔아홉 번 하고 와봐라, 이 경칠 놈아!"

"이 박박수의 저주가 얼마나 무서운지 살면서 두고두고 알게 될 거다, 이 난장 맞을 놈아!"

"평생 밤길 조심해야 할 게다, 이 주리를 틀 놈아!"

임술증도 욕에는 일가견이 있는 사람이었다. 하지만 그는 형벌을 빙자한 욕이 세상에 그렇게나 다양한지 그날 처음 알았다.

"에라, 이 오살할 놈아!"

임술증이 큰절을 올리고 돌아설 때 뒤통수에 팽, 하고 꽂힌 마지막 욕이었다.

임술증이 알도 노릇을 그만두고 교서관골로 가던 날, 거기까지가 뭐 먼 거리라고 주먹밥까지 싸준 마나님의 오지랖에 공생원은 돌아버릴 것 같았다. 다진 쇠고기를 갖은 양념으로 간해 볶은 다음, 들기름에 재웠다가 석쇠 위를 살짝 날게 한 김까지 잘게 부숴넣고 조물조물 빚은 주먹밥이었다. 먹음직스러워 보이는 것은 물론이고 곱기까지 했다. 게다가 박박수가 웬만큼 누그러진 것 같으면 기별을 보낼 테니 한번 다니러 가라는 둥, 그래도 인연인데 맘에 안 차도 서분이를 데려가야지 않겠냐는 둥, 다정하게 여러 말을 건네는데, 듣고 있자니 그것 또한 열불이 났다. 공생원은 임술증 가는 길에 매복이라도 하고 있다가 덮쳐버리고픈 심정이었다.

지금도 임술증만 떠올리면 공생원은 여전히 숨이 답답했다.

그러면서도 그런 성질머리를 가진 사내를 식구로 두지 않은 것이 그나마 천만다행이라는 생각에 하늘이 다 고마워졌다.

"공자남 그 자식이 인심 사납고 말은 독해도 술증이에 비하면 점잖은 거라."

공생원은 이번 한가위는 이미 놓쳤으니, 다음 설에는 큰아버지는 물론 공자남에게도 꼭 한번 들러봐야겠다고 마음을 먹었다. 하지만 다시 떠오른 아이 생각.

'만일 술증이, 그 임가 놈의 씨라면, 나는 못 키운다.'

속은 그래도 임술증이 명례방에 나타나지 않은 지 꽤 되었다는 것은 공생원도 잘 알았다. 제 무슨 용빼는 재주가 있어 작년 가을부터 만나지도 못한 사내의 아이를 가질 수 있겠는가. 잠시 임술증을 마음에 두기는 했으나, 아니라는 확신이 들고 나니 공생원은 너그러워졌다.

'이번 저포전 황가 반찬 심부름은 내가 해야겠구먼. 참, 기곤이 그 자식 하일이 언제라?'

박기곤은 여전히 뚱해 있었다. 말복날 그렇게 헤어지고 나서 거의 두 달 만이었다. 그래도 세상에서 제일 만만한 친구라고 술잔이 기울어질 적마다 서로를 향한 앙금이 조금씩 녹아내렸다. 공생원도 의심을 풀었다. 그나 박기곤이나 서로가 서로에게 유일한 우정이었다. 늘 그랬듯이 처음엔 날씨 얘기가 한참을 오고갔다. 지난달 초엿샛날에 내린 우박 얘기가 그중 대부분을 차지했는데, 특히나 천재를 그치게 하기 위해 사면된 죄인의 신상과 숫자를 가지고 한참을 옥신각신했다.

"뭐 중요한 거라고 고만함세. 자네 말이 맞네."

결국 공생원이 백기를 들었다. 그다음에는 박기곤이 제 상사를 두고 하는 험담이 이어졌다.

"내가 코가 꿰여도 단단히 꿰였어. 계번인지 개번인지 불한당 같은 놈."

내막을 알 리 없는 공생원은 그저 귀만 열어놓고 있을 뿐이었다. 내심 말단 참봉이라도 벼슬자리를 지키고 있는 친구를 부러워하면서. 그마저도 시들해지자 어느덧 눈이 게슴츠레해진 박기곤이 신세한탄을 시작했다.

"한 달에 한 번씩 자식들 생일 치르기가 아니꼽구먼. 뭘 해줘도 고마운 것도 모르는 놈들한테."

박기곤의 큰아들은 구월, 작은아들은 팔월, 셋째는 칠월, 넷째는 유월, 그리고 쌍둥이들은 시월에 생일이 있었다. 하여 박기곤의 생일인 십일월 즈음에는 매화댁이 생일의 '생'자만 들어도 줄걸음을 놓고 싶다는 소리를 하곤 했다. 매화댁은 십이월 생이었다.

"그래도 그것이 다복多福이라."

"다복은 무슨. 참, 들었는가? 서분이가 왔다는구먼."

"무슨 소린가? 서분이가 어딜 갔었는가?"

"지난봄에 임술증이 와서 교서관골로 데려가지 않았는가? 박박수를 그예 꺾은 모양이던데. 몰랐는가?"

'지난봄이면……'

"하여간 그 임가 고집은 알아줘야 하네. 그 어렵다던 서분이 꿰찬 것도 그렇고, 무당딸년 며느리가 가당키나 하냐고 길길이 뛰던 제 부모 누른 것도 그렇고. 그뿐인가? 나는 애꾸 박박수 뒤통수만 봐도 오금이 저리는데, 그 앞에서 기 한 번 안 죽는 걸 보면 확실히 보통내기는 아니네."

"한데 왜? 혹여 박박수가 둘째라도 본다든가? 또 산후 뒷바라지로 불려온 겐가?"

"생원께서는 마나님 배만 보지 마시고 이웃 돌아가는 형편도 좀 살피셔야겠습니다, 쯧쯧! 술증이가 또 손을 댄 모양이더구먼. 어떻게 했는지 허리를 다쳐서 거의 실려왔다고……"

공생원의 살갗에 소름이 돋았다.

갑자기 일어서는 이유를 얼버무리고 공생원은 급히 집으로 향했다. 지난봄이면, 에서 걸린 오만 가지 추측이 공생원의 발걸음을 따라 허둥지둥했다. 앵두네 집 앞에서 놀던 박기곤의 쌍둥이들이 우르르 몰려와 인사를 했지만 그는 보지도, 듣지도 못했다.

마나님은 방에 없었다. 덜컥, 달칵, 집 안의 문들이 죄다 한 번씩 열렸다 닫혔다.

"저 찾으십니까?"

부엌이었다. 아궁이 앞에 앉은 마나님의 얼굴이 공생원의 그림자에 가려 어두웠다.

"자네, 들었소? 서분이 왔다고……"

"아! 친정에서 이제 집으로 온 겝니까?"

"아니, 아니, 그게 아니라. 지난봄에 임알도가 데려갔다는데, 몰랐소?"

"그랬답니까? 당연히 그래야지요."

"한데 그 임가한테 또 다쳐서 실려왔다고……"

"그랬답니까?"

마나님의 대꾸는 심드렁했다. 한쪽 귀로 들어간 공생원의 말이 다른 쪽 귀로 그대로 버려지고 있었다.

"지난봄에 혹 임가, 그자를 본 적이 있소?"

"누가요? 제가요? 글쎄요!"

대답을 건성으로 넘기면서 마나님은 계속 배를 쓸기만 했다. 손놀림이 부드러웠다.

저포전 황용갑

점포 안으로 손님이 채 들어서기도 전에 황용갑은 이미 자리에서 일어난 상태였다. 그는 길을 질러오는 발소리만 듣고도 그 소리의 주인이 자신의 손님인지 아닌지 대번에 알아채곤 했다. 나아가 그 손님이 돈을 풀고 갈 형세인지, 자신의 힘만 빼다 갈 형편인지조차도 정확하게 가늠했다. 하지만 그의 표정이나 몸짓 그 어느 쪽을 보더라도 그가 내린 결론이 무엇인지 짐작할 만한 것은 하나도 비어져 나오지 않았다.

중키에다 살집이 넉넉한 황용갑은 보기에도 신뢰감을 주는 단단한 인상의 사내로 다만 목소리가 거칠다는 것이 장사치로서 흠이라면 흠이었다. 우툴두툴하고 꺼끌꺼끌한 것이 오래 듣기에 힘겨운 소리였지만, 듣는 사람을 배려하는 말솜씨가 그 흠을 무마하고도 남았다.

"물건 좀 봅시다!"

정확하지 않은 발음에 성의없는 어투였다. 손님으로 들어온 작달막한 사내는 황용갑에게 눈길 한번 주지 않고 건들거리며 점포 구석부터 쑤석거리기 시작했다.

"예! 어서 오십시오."

불쾌할 수 있었음에도 황용갑의 웃음 띤 얼굴은 조금도 변하지 않았다. 오히려 허리를 반으로 접어 공손하게 읍하며 성심으로 사내를 맞이했다. 허리를 굽혔다 세울 때까지의 속도도 적당했다. 너무 천천히 움직이면 상대방을 놀리는 것처럼 보일 것이었고, 지나치게 빨리 움직이면 채신머리가 없어 보일 것이니 그런 인사에 진정성이 있다고 하기에는 힘들었다. 보는 사람이 감동할 만큼의 적절한 속도 조절이 필수였다. 그 과한 인사가 황송하다는 듯 잠시 멈칫했던 사내가 덩달아 엉덩이를 뒤로 빼며 고개를 숙였다. 그리고 사내의 시선이 아직 땅을 벗어나기도 전에 황용갑의 걸걸한 목소리가 점포 안을 울려나갔다.

"초면이시니 인사부터 올려야지요. 황가 성을 가진 고로 황용갑이라 존행합니다."

황용갑은 전직 봇짐장수였다. 그러니 '황가 성을 가진 고로 황용갑이라 존행합니다', 는 인사할 때 이름을 부르는 대신에 거주지명을 붙여 양평양, 남춘천 하던 부보상 식 호칭의 응용이라고 할 수 있었다. 어쨌든 그는 지금 봇짐장수가 아니었고, '황한양이라 존행합니다', 할 수는 더더욱 없는 것이니까 말이다.

황용갑을 처음 겪는 손님이라면 여기부터 당황하기 시작하는 게 일반적이었다. 포를 뒤적이던 사내가 귀의 호사에 몸 둘 바를 모르겠다는 듯 겸연쩍은 얼굴에 사뭇 경건해진 목소리로 답했다.

"예? 아, 예! 저는 김원달이라 합니다."

"보아하니 여염은 아니신 듯하고 어디로 놀아 계십니까?"

"뭐요? 놀기는 뭘 놀아? 당신, 내가 노는 거 봤어?"

사내가 제 얼굴을 바짝 들이대며 쏘아붙였다. 눈앞에 펼쳐지는 예의범절이 겨드랑이가 간지러울 정도로 쑥스러워 잠시 잊고 있었던 성질이었다. 그래도 황용갑은 꿋꿋하게 홍알홍알.

"점포를 어디서 하시느냐는 말씀이지요."

"예? 아, 예! 거참!"

사내가 상투 밑으로 집게손가락을 집어넣더니 한참을 긁적거렸다. 그러다가 마지못해 입을 떼는데, 꼭 소한小寒 날 축시에 뒷간 앞에서 똥줄 풀린 제 마누라 기다릴 적 상판이었다.

"양생방 쪽이오."

"태평관太平館이 있는 그 양생방 말씀이십니까?"

"예? 아, 예!"

"좋은 곳 놀아 계십니다!"

황용갑이 또 허리를 숙였다. 말 한 번에 배례 한 번, 그것이 부보상으로 전국 각지를 떠돌던 그네들만의 엄격한 예였다. 엉겁결에 사내도 또.

"좋기는 뭘…… 겨우 밥만 먹고 사오."

"대국의 사신들도 여러 번 보셨겠습니다."

"보기야 보지만, 그게 뭐 나 같은 장사치들하고 무슨 상관이 있겠소? 그러는 댁은 어떠시오?"

"하념지덕으로 무탈, 무사, 안녕합니다."

"거 다행이구려!"

"물건 보시겠습니까?"

"이제 봐도 되는 거요?"

사내가 안도하는 표정으로 몸을 돌렸다. 그가 물건을 고르는 동안에도 황용갑은 반걸음 뒤에 서서 묻는 말마다 성의껏 응대했다. 귀찮은 내색 한 번이 없었다. 사내가 물건을 한 번 쳐다보기만 해도 얼른 꺼내와 펼쳐놓고는 조곤조곤 설명했다. 사내는 도저히 그냥 나갈 수가 없었다. 다른 점포도 몇 군데 더 둘러보고 싶었지만, 그 길고 긴 인사를 버리는 일이 무례를 떠나 마치 죄라도 짓는 것 같은 기분이 들어서였다. 수많은 의견들이 사내의 머릿속에서 버글거리다가 가라앉았다.

"이것으로 합시다. 얼마요?"

거래는 일사천리로 성사되었다. 하지만 모든 일이 마무리된 뒤에도 황용갑은 사내를 순순히 보내주지 않았다.

"그럼, 계시오!"

"일개 산협지군山峽之郡에 보잘것없는 저를 애호하여주시니 그저 감사할 따름입니다."

"예? 아, 예! 서로 같은 처지에 무슨 그런 말씀을……"

"귀소貴所 웃 영감이시나 제공원諸公員 제집사諸執事시나 한산노공원閑散老公員이시나 상봉하솔上奉下率하시고 무사태평히 지나십시오."

"예? 아, 예! 다른 건 몰라도 내 태평은 알아들었소."

"임방공무任房公務도 다른 방해 없이 마음대로 생각대로 잘 보살피십시오."

"예? 아, 예! 뭐 그럽시다. 거참, 어려운 인사 고맙소!"

점포를 나서는 사내의 이마에 땀방울이 송골송골 맺혔다. 그에게 쉽지 않은 시간이었다. 하니 지금 같아서야 또 올 곳이 못 된다, 그런 생각이 들겠지만, 그래도 그는 다시 황용갑을 찾을 것이었다. 황용갑의 물건은 믿을 만했고, 가격에는 거짓이 없었다.

공생원은 몸이 천근만근이었다. 밤새 마나님의 퉁퉁 부은 다리를 주무르느라 잠을 설친 탓이었다. 초저녁부터 베개를 몇 겹으로 쌓아 다리를 올려놓게 했지만 부기는 영 가라앉지 않았다. 노산인데다 체질상 자간子癎의 위험이 있으니 부디 조심하라는 채의의 당부가 있던 터였다. 공생원은 마나님이 아픈 것이 싫었다. 하여 진심으로 다리를 만져주었던 것이다.

눈앞이 희뿌옇고 귓속에서 자글자글 물 끓는 소리가 들리는 것이, 공생원은 고만 딱 눕고만 싶은 심정이었다. 한데 그가 하필 몸뚱이가 무겁디무거운 시점에서 운종가를 찾은 데는 다 그만한 이유가 있었다. 마나님이 친정 팔촌지간인 최명구의 작은 아들 돌잔치를 거들러 집을 비웠기에 자신의 외출이 걸릴 염려가 없기 때문이었다. 그런데 한창 예민해진 공생원의 신경을 아까부터 건드리는 소리가 있었다.

"무시로…… 무시로…… 바가지 긁는 마누라 대갈 덮어씌우기 좋은 용수…… 시어미한테 잔소리 듣고 몰래 내팽개치기 좋은 대나무 채반…… 옆집 여편네 흘깃거리는 서방 두들기기 좋은 수수비…… 무시로……"

'어라!'

"무시로…… 싸움 말리는 시누이 뺨 치기 좋은 밥주걱…… 밤마실 나가는 며느리 잡아 묶어놓기 좋은 빨랫줄…… 무시로……"

매사에 점잖아서 할 줄 아는 가장 센 욕이라고는 고작 '이 자식'과 '저 자식'이 다인 공생원은 큰길을 오락가락하며 읊조리는 행상의 타령이 영 못마땅했다. 타고 넘는 가락이 구성져 소리만으로는 손색이 없었지만, 그 내용이라는 것이 불순하기가 이루 말할 수 없다는 생각에 공생원의 얼굴은 점점 찌그러지고 있었다. 마치 텃밭 두엄 더미 위에 있던 왕파리가 제 새참 위에 앉는 걸 목격했을 때의 그 표정이랄까.

'말세라. 맘 같아서야 저 댕기머리의 뻔뻔한 뒤통수를 한 대 쥐어박는 것이 도리일 것이나……, 내 황가 놈의 점포를 코앞에 두고 소란을 피워서는 아니 될 터. 후일을 도모하고 지금은 애써 참는다.'

그러고는 곧 얼굴을 덮고 있는 소태껍질을 서둘러 벗겨내었다.

'낯빛이 이래서는 약빠른 황가 놈에게 시비합시오, 하는 푸닥거리일밖에.'

공생원은 등을 곧추세웠다. 척추에서 우두둑, 하는 소리가 요란하게 났다.

"끄응!"

황용갑은 공생원 마나님의 동무였고, 지금까지도 동무로 지내고 있었다. 공생원은 도대체가 이해할 수 없는 일이었다. 가족이 아닌 남녀 사이에는 상열지사 외에는 있을 것이 없다는 게 공생원의 지론이었다. 하여 마나님이 황용갑의 이것저것을 챙길 적마다 속이 부글거렸다.

황용갑이 어려서 살던 집은 홍제원弘濟院 근처에 있었다. 홍제원은 국영 여관으로 중국의 사신들이 도성 안으로 들어오기 전에 임시로 묵거나, 여행자들이 숙식을 해결하는 곳이다. 자리가 자리인지라 주로 의주를 오고가는 자들이 이용하는데, 왜 하필 그 정신 사나운 곳에 황용갑의 집이 있었는가 하면, 그의 선친 역시 황의주로 존행하며 의주로 놀아 계시던 부보상이기 때문이었다. 하여 황의주가 도성으로 돌아올 때 제일 먼저 보이는 곳이 바로 제집인 셈이었다.

황의주는 의주로 움직일 때마다 그의 어린 아들인 용갑을 제 큰형 집에 맡기곤 했다. 한데 그 형의 집이 바로 명례방, 공생원의 아내 최씨의 친정 바로 옆이었다. 하지만 안타깝게도 황의주의 형에게는 용갑 또래의 자식이 없었다. 아주 나이가 많아 말붙이기 어렵거나, 아주 어려 말 한마디 통하지 않거나, 둘 중 하나였다. 그러니 아무리 여자라고는 해도 동갑내기인 최씨와 자연스럽게 어울리게 되었다. 진사 최종안은 밖으로만 도는 셋째 딸을 굳이 집 안에 가두려 하지 않았고, 그 덕을 황용갑이 제대로 누린 셈이었다. 그 우정이 지긋지긋하게 공생원을 따라다니고 있었다.

물론 황용갑에게도 아내가 곁을 지키던 시절이 있었다. 그리고 그 시기가 공생원이 제일 마음 편했던 때이기도 했다. 하지만 황용갑의 아내도 그녀의 시어머니처럼 남편을 따라다니다 길에서 병을 얻어 일찍 죽었다. 황용갑의 아내가 그렇게 어이없이 죽었을 때 공생원은 하늘을 원망했다.

"오랜만이오!"

"어인 일이오?"

황용갑이 다리 벌려 기대앉은 채로 공생원을 빤히 쳐다보았다. 공생원의 귓불 언저리가 발개지기 시작했다.

'이런 불량한 놈……'

'이런 좀생원……'

"어흐흠!"

"으흐흠!"

"앉아도 되오?"

"서 있어도 되오!"

'이 자식이!'

'저 자식이!'

황용갑은 웬만해선 화내는 법이 없었다. 봇짐장수로 잔뼈가 굵은 그는 사람 대하는 데 겁이 없었고, 그 어떤 상황에서도 침착했다. 그런 그가 굳이 속맘을 숨기지 않은 채 한껏 이죽거리고 있었다. 황용갑은 공생원이 자신을 마뜩잖아한다는 것을 알고 있었지만, 못마땅하기로는 그도 마찬가지였다. 혼자 사는 동무 먹을거리 좀 몇 번 챙겨줬기로서니, 그게 무에 그리 심통날 일이라고 번번이 뾰로통해지는 공생원에 대한 섭섭함이 그 하나였고, 곱상은 아니어도 성격 쾌활하고 생활력 강한 최씨의 진가를 알아보지 못하는 공생원에 대한 노여움이 또하나였다.

"날이 제법 차오."

"늙어서 그런 게요."

"그래 봐야 세 살 차이요."

"그러니 늙었다 하는 거요."

'이 자식이!'

"눈 밑이 거뭇하고 퀭한 것이 누가 보면 송아 아버지래도 믿겠소."

'이 자식이!'

공생원의 손등에 힘줄이 푸르게 겹으로 곤두섰다.

송아. 꿈속에서도 불러본 적이 없는 마나님의 이름, 송아. 공생원이 그 이름을 입 안에 숨기는 이유는 단순했다. 웃겼기 때문이었다. 산만한 덩치에 앙증맞은 송아라니. 지나던 개가 뒤집어질 일이었다. 하지만 이상하게도 황용갑이 부르는 송아라는 이름은 그렇게 부드럽고 자연스러울 수가 없었다. 황용갑이 그 이름을 한 치의 망설임도 없이 다정하게 부를 적마다 공생원은 번번이 질투가 났고, 그런 자신이 심란했다.

"송아는 친정에서 언제 오오?"

"집사람이 친정에 간 걸 어찌 아오?"

"최진사가 그럽디다. 작은놈 돌이라고. 그 성미에 거들러 갔을 거 아니오? 그게 아니어도 뻔할 뻔 자. 생원께서 이리 혼자 행차하신 걸 보면."

"집사람한테서 들은 건 아니오?"

"산달도 얼마 안 남았는데 송아 좀 고만 볶으시오."

'이 자식이 딴소리하네.'

"생원께는 송아 등골이 약이요? 얼굴에 기미가 다 끼었습디다."

"집사람을 봤소?"

"생원께서도 그러는 거 아니오."

'이 자식이 또 딴소리하네.'

얼굴 이야기가 나왔으니 말인데, 황용갑의 송아이기도 하고 공생원의 마나님이기도 한 최씨의 얼굴에는 약간 얽은 자리가 몇 군데 있었다. 일명 곰보 자국이라고 어려서 앓았던 두창의 후유증이었다. 다행히 심하지는 않아서 멀리서는 못 알아볼 정도였지만, 그래도 당사자인 마나님에게는 이만저만 속상한 일이 아니어서 거울을 붙들고 끌탕할 때가 많았다. 하여 송홧가루에 치자를 물들여서는 공들여 그 구멍을 메우고는 했다. 그 위에 분까지 살짝 칠해놓으면 공생원이 보기에도 감쪽같았다. 하지만 기미는 금시초문이었다. 오늘 새벽에도 본 마나님의 얼굴이 아니었던가. 도대체 자신도 모르는 기미의 정체를 황용갑이 알고 있다는 사실에 공생원의 심장박동이 빨라지기 시작했다.

"갈증나는데 식혜 좀 내오리다."

'식혜? 그건 또 언제 해다 바친 게야?'

공생원은 마나님의 식혜를 좋아했다. 적당히 달짝지근하면서 구수한 것이 특히나 속이 더부룩할 때 효과가 있었다. 하지만 날이 선선해지고 나서도 마나님은 식혜를 담그지 않았다. 공생원도 채근하지 않았다. 임부에 대한 배려였다. 한데 그 식혜가 황용갑의 집에서 나오고 있었다. 공생원은 부아가 났다. 자신에게는 인절미 한 조각도 아까워하던 황용갑의 인심으로 보아, 뜬금없는 식혜가 자신을 약 올리기 위한 술수로만 해석되어서였다.

황용갑이 내온 식혜는 적당히 차가웠다. 어디에 보관을 했기에 그런가, 궁금했지만 물어볼 수는 없었다. 하지만 그릇을 눈앞에 들고 보니 무언가 조금 달랐다. 색이 좀더 탁했다. 맛도 들쩍지근하니 평소의 맛이 아니었다. 공생원은 임신 때문에 오락가락하는 마나님의 입맛 탓이려니 짐작했다. 그리고 마시는 내내 그런 입맛으로도 그예 식혜를 담근, 황용갑에 대한 아내의 정성이 노여웠다.

아직 다 마시지도 못했는데 황용갑이 공생원을 툭툭 쳤다. 그 바람에 재채기가 튀어나왔고 밥풀 몇 알이 바닥으로 떨어졌다. 황용갑의 인상이 험악해졌다.

"어서 몸 좀 치워주시오. 손님 오오."

'이 자식이! 치워? 네 눈엔 내가 물건으로 보이는고?'

그러면서도 공생원은 주섬주섬 그릇을 챙겨들었다. 그가 막 뒷방에 드는 순간, 사뭇 달라진 황용갑의 목소리가 점포에서 들려오기 시작했다.

"예! 어서 오십시오!"

황용갑은 집이 없었다. 혼자 사는 홀아비가, 그것도 온종일 나가 있어야 하는 장사꾼이 번거롭게 따로 집을 둘 필요가 있겠느냐는 것이 황용갑의 의견이었다. 고작 밤에 등이나 잠시 붙이려고 큰 집을 하루 종일 비워두어야 하다니, 그는 그것을 공간에 대한 무례이자 몹쓸 시간낭비라고 생각했다. 하여 점포 뒤쪽에 방을 뚫어, 거기서 먹고 자고 했다. 황용갑에게는 몸이 편하고 맘이 익은 곳이 바로 집이었다. 부보상으로 놀아 계실 적의 그에게는 길이 그랬고, 역마살에서 벗어나 운종가에 눌러앉은 지금의 그에게는 점포가 그러했다.

정사각형의 방은 깨끔했다. 마주 보는 두 벽에 시렁을 달아서 대부분의 물건들을 올려놓았는데, 그로 인해 시야가 트여서인지 그다지 좁은 티가 나지 않았다. 크기대로 층층이 달아놓은 나무 시렁들이 반듯했다. 횃대에 나란히 걸린 옷들도 얌전했다. 구접스럽게도 뭐든 구석에 쌓아놓는 데 습관이 든 공생원은 경탄의 눈빛으로 방 안을 둘러보았다. 밖에선 인사가 아직도 끝나지 않은 모양이었다. 피식, 공생원이 웃었다.

찬찬히 훑어가고 있자니, 아래쪽 선반에 놓인 작은 문갑이 그의 눈길을 비집었다. 구입한 지 얼마 안 되는 듯 윤기가 반지르르한 문갑은 자주색 옻칠이 깊어, 쓰인 나무가 오동인지 괴목인지 구별하기가 어려웠다. 일반적으로 서생들이 사랑의 서안에 올려놓고 쓰는 서랍 하나짜리였다. 공생원의 취향은 아니었지만 모서리를 백동으로 마감한 육면체가 고상했다. 공생원은 먹감나무의 검은 빛을 높게 보았다. 그의 가구들은 먹빛 일색이었다.

공생원이 주뼛주뼛 손을 내밀어 서랍 고리를 잡았다. 달달각 달달각, 만지작거리는 손끝이 진동했다. 공생원의 건재한 양심은 훔쳐보기를 허락하려 들지 않았다. 복숭아 모양의 납작한 고리가 금세 축축해졌다. 하지만.

'그래도……'

결국 서랍이 동굴에서 빛으로 가볍게 끌려나왔다.

그것은 분명 비녀였다. 초록의 유년 같은 연둣빛이 차분했다. 옥을 왜 옥이라고 하는지 '옥'이라는 단어만 듣고도 이해할 수 있을 것 같았다. 차마 손대지 못하고 눈으로만 살피는데, 아무래도 잠두의 모양이 눈에 익었다. 칠 할쯤 벙근 석류꽃.

'옥제 석류잠이라. 이것이 왜 여기에……'

마나님 것이었다.

마나님은 패물이 별로 없었다. 눈썰미 없는 공생원이 보기에도 빤했다. 아무리 넣을 것은 넣어야 하는 혼수라 해도 당사자가 즐기지도 않는 것을 생돈 들여 바리바리 꾸려야 할 이유를 친정어머니 권씨가 찾지 못해서였다. 그러다보니 가락이 굵고 잠두가 화려한 옥제 석류잠이 가장 눈에 뜨일 수밖에 없었고, 공생원은 차려입고 나서야 할 일이 생길 적마다 마나님에게 그 비녀를 권하곤 했다. 한데, 처제 영아의 혼사 때였다. 사립짝 앞에서 돌아서는 마나님의 뒤통수가 허전했다.

"어딜 갔는지 보이지 않습니다."

거방진 혼삿날, 그것도 성혼으로는 마지막이 분명한 처가의 잔칫날, 고작 은비녀 따위로 서방의 체면을 깎으려 하느냐는 지청구에 대한 마나님의 답이었다. 되짚어들어간 공생원이 온 집안을 들들 뒤졌다. 하지만 비녀는 끝내 나타나지 않았다. 마나님마저도 퍽 미안해한 사건이었다.

공생원의 호흡이 가빠졌다.

'이놈이었어. 이놈이었어!'

공생원이 운종가까지 온 데는 황용갑의 눈치를 어떻게든 쥐어잡아 모종의 정보를 구해보고자 한 궁리가 있었다. 정신을 바짝 차리고 말만 놓치지 않으면 승산이 있을 거라는 계산이었다. 하지만 황용갑이 문제의 장본인일 거라는 생각은 미처 해보지 못한 터였다. 그것은 공생원이 늘 마땅치 않아했어도, 어쩔 수 없이 마나님과 황용갑의 우정을 신뢰하고 있었기 때문이었다. 어떻게 보면 그 두 사람은 오히려 가족 같은 관계였다.

밖에서 황용갑이 물건을 두고 이렇네 저렇네, 부연하는 소리가 들려왔다. 공생원은 마른침을 삼켰다. 한 번, 두 번. 그러고는 혹시 흉기가 될 만한 물건이 없나, 방 안을 샅샅이 들척였다. 하지만 그런 것은 나오지 않았다. 공생원이 주저앉았다.

'황가 이놈을 어찌 물고를 낸다?'

하지만 헛웃음만 나올 뿐 아무런 대책도, 방법도 떠오르지 않았다.

북달재 여점에는 손님이 하나도 없었다. 작은 봇짐 하나 없이, 그것도 한낮에 홀로 들어선 공생원을 여점의 주인 내외가 수상쩍다는 듯 힐끔거렸다. 하지만 공생원은 그들의 시한부 눈치까지 신경쓸 여력이 없었다. 행여 아는 사람의 눈에 걸려들기라도 할까봐 서둘러 객방으로 숨어들 따름이었다. 공생원은 누구보다도 돈이가 자신을 발견할까봐, 그것이 걱정이었다. 북달재는 돈이가 하루에도 몇 번씩 오고가는 곳이었다. 아무리 진중한 돈이라도 자기가 본 것을 말하지 말란 법이 없었다.

"끄응!"

공생원은 집에 가기가 싫었다. 그 와중에도 빈집의 청승을 꺼리는 여유라니. 그렇다고 여점에 쪼그려누운 자신의 처지는 더 참담했다. 명백한 물증을 찾고도 제대로 말 한마디 못 한 자신이 한심하고 어이없었다. 게다가 과붓집 담 타다 걸린 악소배 달아나듯, 꽁지가 빠지게 도망나온 자신의 모습이 너무나도 선명하게 치욕으로 되살아나고 있었다.

'기왕지사 그 자식한테 추한 꼴 보일 거면, 비녀라도 꼬불쳐 올 것을……'

조금씩 볕기운이 덜려나가는 방에서 공생원이 약주를 들이켰다. 여점의 주인이 방 안의 정태도 살필 겸, 돈벌이도 할 겸, 제 아내의 솜씨도 자랑할 겸, 슬쩍 들이밀고 간 송절주松節酒였다. 맑은 액체가 그의 입 안에서 부서졌다. 마치 보이지도 않는 소나무의 마디를 요절이라도 내려는 듯이 공생원이 턱에 힘을 주었다. 그래도 그는 취하지 않았다. 아무리 마셔도 머리까지 술이 차오르지 않았다. 그리고 시간이 지날수록 정신이 까슬까슬해졌다. 주량의 배를 넘게 털어넣고서도 공생원은 말짱했다.

유시酉時와 술시戌時의 경계 즈음이었다. 넉넉하게 들어오는 군불에 엉덩이가 말캉해진 공생원이 서러움에 눈물바람을 하던 중이었다. 갑자기 공생원의 머릿속으로 단어 하나가 발광을 하며 지나갔다. 현장.

"그렇지! 현장이라, 현장. 이 사람, 필시 황가의 점포에 나타날 것이라. 최진사네 돌잔치 따위는 그저 핑계일 것이라. 현장을 잡아야 할 것이라. 반드시 그래야 할 것이라."

공생원의 얼굴에 생기가 돌았다. 굉장한 것을, 다른 데도 아니고 자신의 머릿속에서 발견해냈다는 뿌듯함에서였다. 그는 할 수만 있다면 자신의 등짝이라도 투덕거려주고 싶은 마음이었다.

11월 초아흐레 술시戌時의 하늘은 2월 축시丑時의 하늘만큼이나 가칠했다. 별빛마저 까끌까끌했다. 달 반이 넘도록 내려주지 않는 비 때문에 세상이 곤두서 있었다. 가물었던 여름의 고단함도 아직 가시지 않은 때였다. 얇은 서리조차 머물 틈이 없었다. 쥐어짜낸 물기마저 강마른 바람이 쓸어간 탓이었다. 마른버짐은 무른 땅에서 먼저 시작되었다. 그래도 태생이 건조한 땅만은 제가 가진 면역력으로 아직 별다른 동요 없이 그대로였다.

'하늘도 사람처럼 물을 먹어야 사는 것을…… 저 마실 것이 없는데 어찌 땅을 살피랴!'

다리 아래 청계천에 물이 자박자박했다. 달빛이 뚜렷했지만 그림자는 비치지 않았다. 짚신짝이 땅에 닿을 적마다 발바닥이 텁텁했다. 공생원은 자꾸만 갈증이 났다. 술독 오른 몸뚱이를 희석시키고 싶었다. 그가 걸음을 재촉했다. 한 시진 뒤면 인정人定이니 종루의 종이 스물여덟 번 울리기 전에 서둘러야 했다. 공생원은 순라군을 피해 도망다니다 숨는 것, 무뢰배로 오해를 받아 시비 끝에 끌려가는 것, 그 어느 것도 원치 않았다. 하지만 통금시간을 피해 빨리 걷는 것 말고, 또 무엇을 서둘러야 하는 것인지 그는 알지 못했다.

운종가는 철시중이었다. 첫 밤길에 길마다 낯이 선 데다가 점포마다 문을 닫아걸어놓으니, 얼핏 봐서는 어느 곳이 지전紙廛이고 면주전綿紬廛인지, 어디가 어물전魚物廛이고 청포전靑布廛인지 알아볼 수가 없었다. 골목 두어 곳을 헤매다가 어렵게 황용갑의 저포전을 찾았다.

적어도 인정人定 근처는 되어야 마나님이 나타날 것이라는 게 공생원의 어림이었다. 통금을 피해 집으로 향하는 발소리로 제일 어수선한 때가 바로 그즈음이었다. 아녀자가, 저 사는 동네도 아니고 운종가 같은 공공의 큰 거리를 마음놓고 움직이려면 서두르는 사람들 틈에 끼어드는 것이 가장 이로울 것이었다. 명당을 찾는 공생원의 눈과 발이 분주했다. 얼추 일 각刻 정도가 흐르고 나서야 공생원은 황용갑의 저포전과 대각선 되는 곳에 자리를 잡을 수 있었다. 선전縇廛 기둥 뒤였다. 비단 냄새가 알근했다.

잠깐 졸았는가, 몸이 땅을 향해 거꾸러질 태세였다. 종루의 종소리는 벌써 시작되고 있었다. 그새 적막해진 거리를 바람이 조용히 구르고 있었다.

"끄응!"

술기운이 기세를 잃으니 그의 몸 여기저기서 궁상맞은 신호를 보내오기 시작했다. 배가 고프오, 옆구리가 시리오, 종아리가 땅기오, 담이 결리오, 발바닥이 아리오, 그리고 결정적으로 집에 가고 싶소. 맘 가는 데 몸이 간다던데, 외려 맘이 몸을 따라가고 있었다. 공생원은 곤혹스러웠다. 술의 부추김에 호기를 부리긴 했지만, 또 자신의 의심에 타당성도 충분했지만, 그래도 소과씩이나 넘겨낸 고고한 유생이 간부의 집 앞에 숨어 염탐이라니. 무엇보다도 자존심이 상했다.

'황가를 직접 상대하는 것이 선비의 명예라.'

자리에서 일어난 공생원이 잠시 코에 침을 바르고 있는데, 인기척이었다. 공생원이 다시 어둠을 뒤집어썼다. 순라군일 거라는 그의 추측과 달리, 나타난 사람은 여인네였다. 공생원이 더 어두워졌다.

'기어이……'

점포가 가까워질수록 여인의 걸음이 빨라졌다.

'안달이 났구나!'

밤에, 그것도 멀리서 보니 뒤태가 봐줄 만하다는 생각이 스쳐 가는 순간, 쓰개가 팔랑거렸다.

'꼴에…… 쓰개라! 정경부인이라도 되는가?'

공생원은 쓰개를 확 들추고 빈정거리고 싶었다. 그리고 당황하는 마나님의 낯빛을 코앞에서 구경하고 싶었다. 하지만 아까 머릿속을 지나갔던 단어가 또다시 수선을 떨며 반대쪽으로 달려갔다. 현장. 그랬다. 그 자리가 현장이 될 수는 없었다. 기다려야 했다. 결정적인 순간이 올 때까지 참아야 했다. 하지만 여인네가 정말로 황가의 점포로 스며드는 것을 확인하고 나니, 공생원의 다리가 본격적으로 비틀거리기 시작했다. 저포전까지 가는 동안 두 번이나 넘어졌다.

후, 후, 쾅! 후, 후, 쾅! 후, 후, 쾅!

공생원은 호흡의 마디마다 떨리는 주먹으로 문을 두드렸다.

"누구요?"

겁을 먹은 듯도 하고, 의심이 찬 듯도 하고, 짜증이 솟는 듯도 한 복잡미묘한 분위기의 목소리가 문 바로 뒤에서 공생원의 정체를 묻고 있었다.

쾅, 쾅, 쾅, 쾅.

"누구냐고 묻지 않소?"

정분난 현장을 아무에게도 들키고 싶지 않은 수컷이 거칠어지고 있었다.

쾅, 쾅, 쾅.

드디어 문이 벌컥 열리고, 공생원이 안으로 고꾸라졌다.

"공생원!"

"그래, 이 자……"

하지만 공생원은 문장을 완성하지 못했다. 끊어진 '식'자가 공생원의 입에서 대롱거렸다.

처음 보는 여인네였다. 은근하게 수를 놓은 쪽빛 저고리에 산호색 치마. 입성이 점잖은 걸 보면 여염의 아낙이 분명했지만, 음기陰氣와 음기淫氣가 온몸에서 출렁거렸다. 황촉불마저 귀살쩍게 지글거렸다. 뭐라 설명할 수가 없는 야릇한 얼굴에서 까만 눈이 당돌하게 반짝거렸다. 그리고 그 눈이 아주 재미난 일을 다 보겠다는 듯한 말투로 공생원을 향해 수다스럽게 웃고 있었다. 황용갑이야 굳이 보지 않아도 알 만했다. 그는 근지러운 입을 겨우겨우 참고 있었다. 이, 런, 개, 떡, 같, 은, 을 한 자 한 자 힘주어 발음하고 싶어서 근지러운 입을 말이다.

'내가 나 때문에 미치는 날이 바로 오늘이라.'

공생원은 황용갑 쪽을 쳐다보지 않으려고 애쓰면서 아무 말 없이 점포를 나왔다. 그리고 조용히 문을 닫아주었다. 제발, 모른 척해주거나 잊어달라는 간절한 심정으로. 하지만 공생원이 파악하고 있는 것 이상으로 영리한 황용갑이었다. 그는 공생원의 난데없는 돌진을 금세 이해했다. 그리고 아낌없이 비웃었다.

처팔촌 최명구

최명구를 떠올리면서 공생원은 말할 수 없는 참담함을 느꼈다. 공생원으로서는 알다가도 모를 일이 마나님과 최명구의 관계였다. 두 사람 사이에는 비슷비슷한 얼굴을 한 여러 명의 최진사가 있었는데, 사람들이 그 복잡한 거리를 팔촌이라고 계산해주고 나서도 공생원은 그 간격을 이해하는 데 여전히 애를 먹었다. 마나님은 친오라비들보다 그 멀디먼 최명구와 더 각별했다. 둘이서만 공유하는 기억도 숱했다. 하여 눈짓, 손짓으로 저희들끼리만 재미나할 적마다 공생원은 은근히 맘이 상하곤 했다.

최명구는 마나님보다 일곱 살 아래였다. 인물 자체가 부실하기도 하거니와 말 그대로 아내의 근친이다보니, 최명구를 용의선상에 올려놓는 순간부터 공생원은 제 영혼까지 팔아버린 기분이 들었다. 하지만 마나님과 모종의 접촉이 있는 사람들 중, 가랑이 사이가 불룩한 종자들은 하나도 빼지 않는다는 원칙을 이미 세운 터였다. 예외란 있을 수 없었다.

"전생에…… 내 죄가 무거웠던 거라……"

그 와중에도 공생원의 시선은 어연번듯하게 버티고 선 와가의 구석구석에 미치고 있었다. 하나 곧 시선을 걷어모아 속으로 집어넣었다.

"후우!"

예의 그 한숨을 서너 번 반복하고 나서, 공생원은 하루 종일 물지게라도 진 것처럼 묵직해진 다리를 간신히 최명구의 집 안으로 들어옮겼다. 몇 달 만에 눈에 띄게 늙어버린 청지기가 입을 호물거리면서 공생원을 사랑채로 안내했다.

사랑채는 보기에, 듣기에 여전히 좋았다. 백송에 사철에 오동에, 뿌리를 흙 속에 박은 것들로 조밀한 사방에서 뒤틀린 가지며 마른 이파리들이 서로를 비비며 갖은 소리를 만들었다. 어석어석, 사라라락, 추우우우. 공생원은 귀를 씻는 기분이었다. 사실 풍수의 견지에서 보자면 최명구의 사랑채는 모순에 해당했다. 배산임수의 기본 조건에 역행했으니 말이다. 말하자면 청계천이 뒤로 흐르고, 남산을 앞으로 보는 형국이랄까. 하지만 최명구는 사람에게 좋으면 그것 자체가 풍수라면서, 자신은 산을 앞에 두어야 마음이 편안하니 무슨 일이 있어도 남산을 바라보아야겠다고 고집을 피웠다. 배수임산이라니, 공사를 맡은 도편수가 자신의 가치관에 정면으로 배치된다면서 설득을 시도하기도 했다. 산을 뒤에 두고 보면 그것이 산이 아니라 섬이 되느냐, 사람이 몸을 돌리면 되는 것을 집을 돌리면 쓰겠느냐, 어떻게든 타협점을 찾으려고 애를 썼다. 하지만 끝내 성공하지 못했고, 예민하거나 눈썰미가 있는 사람이라면 충분히 심리적으로 불안해할 수 있는 생뚱맞은 집채가 들어서게 되었다.

사랑채의 백미는 누마루였다. 싸리나무 기둥으로 떠받치고, 구름 문양으로 투각한 계자난간鷄子欄干을 둘러놓았는데, 모든 걸 잊고 흐늑거리기에 맞춤이었다. 게다가 난간 바로 앞에 무성한 벽오동이 또한 일품이었다. 잔가지 하나 없는 줄기에 사느란 기운이 도는 푸른빛 껍질. 벽오동나무는 예로부터 선조들이 신성하게 여겨온 나무였다. 봉황새가 오로지 벽오동나무에만 깃드나니, 그 봉황이 나무에서 청아한 소리로 울면 온 천하가 태평해지리라, 하는 전설 때문이었다. 게다가 줄기가 곧고 푸르며 잎이 시원스럽게 넓은 것이 절개를 상징한다 하여, 웬만한 선비들도 벽오동나무를 즐겨 심었다. 하나 최명구의 벽오동은 그러한 고상한 명분에 의해 심긴 것이 아니었다. 양기 보충, 그것이 목적이었다.

벽오동나무 씨앗은 오동자라 해서 기의 순환을 도와 위장을 튼튼하게 하고 소화를 돕는 효험이 있어 약재로도 쓰였다. 볶아서 가루를 내어 먹으면 맛이 고소한데, 은근히 각성의 효과까지 있었다. 무엇보다도 정력을 좋게 하는 데 이름이 나 있어 최명구가 애지중지 가꾸는 나무였다.

공생원은 벽오동이나 회화나무 같은 고결한 것들은 차치물론하고라도, 그저 키 작은 잡목으로라도 둘레를 칠 만한 아담한 사랑채를 갖고 싶었다. 하나, 지금 살고 있는 곳도 처가의 도움으로 마련한 집이었다. 그나마 위안이 되는 것은 아무리 초가라고는 하나, 안채와 바깥채가 구별된 번듯한 구조라는 사실이었다.

공생원이 손을 뻗어 매미 날개 같은 벽오동의 열매를 퉁겼다. 종자를 이미 채취해간 뒤라 매달린 것은 가난했다.

'바스락바스락, 진을 다 빼겼구나. 똑 내 모습이라!'

"으흐흐흠!"

누마루 이곳저곳을 건드리며 서성이던 공생원에게 최명구가 기척을 냈다. 두 사람은 곧 방으로 들어갔다. 누마루에 앉아 있기를 고집하기에는 날이 꽤 추웠다.

공생원의 처가는 대대로 진사 집안이었다. 간혹 미관말직에서 잠시 녹봉을 받은 경우도 없지 않았으나, 대부분은 진사 그 이상도, 그 이하도 아니었다. 진사가 무엇인가. 소과의 복시에 최종 합격한 이를 일컫는 말 아니던가. 소과, 즉 생원진사시는 양반만이 응시할 수 있는 문과와는 달리 양인 이상의 신분이면 누구나 치를 수 있는 시험이었고, 합격만 하면 사회적으로도 인정을 받아 고장에서 지도적 역할을 수행할 수 있었다. 남촌에도 생원 아니면 진사가 구석구석 박혀 있었다. 그러다보니 벼슬길은 둘째 치고 코흘리개 훈장 노릇도 해먹기 어려울 만큼 대부분이 무직의 사류士類로 남을 뿐이었지만, 그래도 공생원의 처갓집 사내라면 진사가 되는 것이 당연한 임무이자 의무였다. 개중에 시험에 붙지 못한 이들의 입지는 서얼과 다를 것이 없을 정도였다.

최명구 또한 그 전통에 충실한 자였다. 최명구의 집 사랑 벽에는 식년시 합격증서인 백패가 보란 듯이 걸려 있었다.

敎旨교지

幼學崔銘俱進士第三等유학최명구진사제삼등

第五十三人入格者제오십삼인입격자

흰 종이에 보란 듯이 적힌 삼등 오십삼위. 하지만 최명구는 가짜였다. 왜냐하면 제 머리로 얻은 이름이 아니라, 거금 삼백 냥을 주고 사온 자리이기 때문이었다. 황소 열 마리 값이었다. 사실 그만한 액수면 봉사 정도의 번듯한 양반 신분 정도는 건질 수 있을 자금이었다. 하나 최명구 하는 일이 워낙 매사에 변변치 못하다보니, 고작 진사 자리에 바가지를 쓴 것이었다.

간혹 그 진실에 문외한인 사람이 난처한 질문을 할 때가 있기도 했다.

"나는 전정殿庭의 모양이 어떠했는지, 떠오르는 것이 하나도 없습니다그려. 전하와 한 자리에 있다고 생각하니 오금이 저리고 정신이 혼미해져서, 허허허! 최진사는 어떠시었소?"

"상께 사배四拜를 올릴 때 행여 다리를 떨진 않으셨는가?"

"저의 경우에는 세손저하께서 친히 백패를 내리지 않으셨겠습니까? 광영 중에 그같은 광영이 없었지요. 박진사 때는 예판께서 주관하셨다 들었습니다만, 최진사는 어느 분께 받으시었습니까?"

대개가 합격의식인 방방의放榜儀에 대한 질문들이었다. 최명구가 알 턱이 없는 것들이었다. 하여 백패를 넘긴 이를 통해 따로 과외를 받아야 했다.

공생원은 백패가 새삼스러웠다. 그는 혼인하고 정확히 한 해만에 소과에 합격을 했다. 드세기는 해도 마나님에게서 얻어먹는 밥이 심신의 안정을 가져왔고, 집중력도 높여준 덕분이었다. 당시 공생원은 마음에 결리는 것이 하나도 없었다. 합격소식을 전해들었을 때도 그닥 놀라지 않았을 정도로 그에게는 자신감이 붙어 있었다.

합격자의 집에는 방꾼이라 해서 관에서 보내는 말단 심부름꾼이 찾아가 소식을 알려주게 돼 있었다. 한데 열이면 열 모두가 문 앞에서 소리를 지르며 소란을 피우곤 했다. 한턱내라는 의미인데, 경사스런 일이니만큼 그것을 두고 시비하는 경우는 거의 없었다. 처음에는 마나님도 성의를 보였다. 술과 음식을 내는 것은 기본이고, 행하行下로 작은 쌀자루도 두당 하나씩 마련해주었다. 한데 방꾼들이 도무지 물러가려고 하지 않고 자꾸만 대접이 시원찮다며 행패를 부렸다. 젊은 마나님이 웃는 얼굴로 그들을 바깥채로 몰아갈 때까지만 해도 방꾼과 공생원, 양쪽 다 아무 생각이 없었다. 그저 흥에 겨울 따름이었다. 하지만 마나님은 그들을 뒤란의 측간으로 쑤셔넣었다. 장정들이었지만 워낙 순식간에 일어난 일인데다가, 이미 술에 절어 있었기에 쓸 만한 반항은 없었다. 똥독이 뻗쳐 우툴두툴해진 피부를 연신 긁어대던 방꾼들의 모습이 최명구와 하나로 겹쳐졌다. 떠드는 일에 신명이 붙은 듯, 함께 꿈틀거리는 최명구의 눈썹을 공생원이 멀거니 쳐다보았다.

최명구를 처음 본 사람들은 하나같이 그를 팔푼이로 오해하곤 했다. 딱 손가락 한 마디만한 길이의 짙은 눈썹이 잘못 돋아난 점처럼 오뚝하게 찍힌 그 아래로, 눈초리마저 눈에 띄게 처져 있어 생각이 없게 생기기도 했거니와, 왜 그러는지 아무에게나 잘 웃었다. 하여 사람들이 그를 두고 하는 우스갯소리 중에 '소심 끓여 먹은 종자'라는 말까지 있었다.

소심笑蕈은 썩은 단풍나무나 버려진 단풍 나막신에서 돋아나는 버섯을 일컫는다. 한데 일개 버섯에 불과한 그 소심이 어쨌기에 말이 말인가? 문제는 소심을 따서 끓여 먹었을 때 나타나는 증상이었으니, 바로 웃음병이었다. 언제나 게글게글 웃게 되는 웃음병. 그나마 치료할 방법이 있으니 다행이랄까. 웃음을 멈추고 싶으면 해독성분이 있는 흙탕물을 찾아서 마시면 되었다. 한데 그 특이한 물이 또 아무 데나 있지를 않아서, 버섯이 돋아났던 곳을 기준으로 반경 십 리 주변을 뒤져야 나올까 말까였다. 하나 실제로는 그 소심버섯을 먹고 웃음병이 도졌다는 사람이 없었으니, 흙탕물을 마신 사람은 더욱이나 있을 리 만무했다.

최명구의 실없음은 여러 군데서 확인이 가능했다. 하다못해 나무에 물을 주면서도 그는 가만있지 못했다.

"청명 한식에 나무 심자. 무슨 나무 심을래. 십 리 절반 오리나무, 열의 갑절 스무나무, 대낮에도 밤나무, 방귀뀌어 뽕나무, 오자마자 가래나무, 깔고 앉아 구기자나무, 거짓 없이 참나무, 그렇다고 치자나무, 칼로 베어 피나무, 네 편 내 편 양편나무,

입 맞추어 쪽나무, 양반골에 상나무, 너하구 나하구 살구나무, 아무 데나 아무나무……"

구시렁구시렁, 비 맞은 중마냥 중얼거리고 있으면 그 누구도 웃지 않을 수가 없었다. 목소리는 다 죽어가는 병자 앓는 소리마냥 질질 늘어지는데도, 그에 반해 손짓발짓은 요란하기 때문이었다. 오리나무 할 때는 하늘을 향해 손바닥을 척 펴기도 하고, 뽕나무 할 적에는 궁둥이를 오른쪽으로 씰기죽거리기도 하고, 쪽나무 부분에서는 제 손등에다 정말로 입맞춤을 하기도 했다.

그래도 딴엔 사내라고 최명구가 여자에 빠져 재산의 반을 날린 적이 있었다. 취양비醉楊妃라는 술집여자였는데, 작심하고 덤벼든 그녀에게 어벙한 최명구가 제대로 당한 경우였다. 공생원 또한 취양비를 잘 알고 있었다. 최명구와 취양비가 본격적으로 엮이기 전이었다.

박기곤이 몇번째인지 모를 아들을 또 보고 나서였다. 송현 분감의 식구들은 부러움과 시기심을 적절히 섞은 말투로 한턱을 종용하기 시작했다. 자린고비인 박기곤은 뜨악했지만, 어쩔 수 없는 말단이었다. 하라는 것은 일단 하고 봐야, 생사여탈과 자리보존의 여부가 결정되는 자리가 그 자리였다. 묵은 술이 날라져 오고 각색 떡이 차려지고 비명횡사한 닭들이 상마다 늘어졌다. 그 자리에 공생원도 끼어 있었다.

"어디 술인가?"

첨정 신윤무였다. 박기곤이 협상과 아부의 귀재라고 평가하는 이였다.

"제 안사람이 받아온 거라서……"

"출처를 알아야거늘. 난 취양비네 술이 아니면 안 먹는단 말씀이지."

신윤무의 발언에 대한 반응은 딱 둘이었다. 잘 알겠다, 와 통 모르겠다. 그중, 잘못한 것도 없이 괜히 풀이 죽은 건 못 알아들은 치들이었다. 나머지 알아들은 치들은 나름 그 꼴을 답답해하며 솔선수범으로 교육을 자청하고 나섰다. 두서없는 가르침이 시작됐다.

"바침술집 주인이여, 그 여자."

"당주동에 바침술집이 한둘이 아니잖는감? 근데도 취양비네 집이 제일 잘나가거든. 다 이유가 있지."

바침술집은 쉽게 병술집이라고 불리기도 하는데, 술을 병에 넣어 모개로 파는 술장수들의 술 공급처였다.

"취양비! 말도 마소. 천년 묵은 백여시라, 백여시."

"내 눈엔 그만하면 절색이드마!"

"아주 성질이 뭣 같어. 말투도 고약하고 에둘러 말하는 법이 없어서 툭하면 거래처하고 쌈질이고."

"절색은 무슨. 턱이 뾰족하고 눈코입이 작은 게 아주 얌통머리 없이 생긴 것을."

"술맛이 최고라니까. 장안에서도 으뜸일 거를? 아무리 기집이

고와도 술집 쥔이 술맛을 못 내면 그걸 어따 쓰나?"

"뭣보담도 피부가 좋드마. 그런 걸 난색蘭色이라 한다믄서? 기색氣色 중 최고라는?"

"게다가 그 여자, 혼자라, 혼자."

그다음부터는 알아들은 치들끼리의 대화가 돈독하게 이어졌다. 못 알아들었던 치들은 얌전히 술을 들이키며, 각자 연상되는 것들에 마음을 내맡겼다.

"근데 취양비 술 세다는 게 정말인감?"

"전에 내로라하는 술꾼들하고 판이 붙었는데, 결국 이겼다드마."

"밤새 퍼부었는데도 눈빛 하나가 안 흔들리더라고. 여간내기는 아니오."

"그치들 코가 땅에 붙어서는 설설 기었다던데?"

"그러니 게걸거리는 사내들 틈에서 여직 살아남아 있겠지."

"살아남다 뿐인가? 손아귀에 쑤셔넣고는 좌아지우우지."

싹수없게 생겨먹은 사내가 제 목을 움켜쥐고는 닭 모가지 비틀듯 꼬아댔다. 커다랗게 쏟아지는 웃음소리.

술 하나만 가지고도 주변을 쥐락펴락할 수 있는 것이 사내들의 세계였다. 공생원은 그 단순유치함이 부끄러우면서도 그 술의 힘으로 그네들을 지배하는 취양비가 대단했다. 하여 최명구가 취양비와 그렇고 그렇게 되었을 때, 그 속사정이 '존경심'을 바탕으로 한 연정인 줄 알았다. 하나 최명구는 달랐다. 그가 취양비에게 빠져든 데는 술이 아닌 그만의 이유가 있었으니 그것은, 그것은 배꼽이었다.

배꼽이라. 창기도 아닌 취양비가 제 배꼽을 아무에게나 보여줄리야 천부당만부당이었다. 게다가 혼자 살기는 해도 뭇 사내들 틈바구니에서 악다구니로 사는 지독한 성정의 그녀였다. 집적거린다고 집적거려질 취양비가 아니었다. 간혹 힘으로 해결해보려는 무식한 종자들이 앞뒤 없이 덤벼들기도 했다. 하지만 그녀의 뒤에는 조자룡처럼 칼을 잘 쓰는 아우 대문이 버티고 있었다.

도자장刀子匠 강구의 일급 도제 대문은 오랜 세월 동안 취양비가 마치 제 자식처럼 키운 하나밖에 없는 아우였다. 어려서 돌림병에 부모를 잃고 서로를 의지하며 살아온 세월이 눈물겨운 탓에 남매의 결속력은 상상을 초월했고, 하여 모든 일에 우선시되는 시누이 취양비로 인해 대문의 아내가 종종 속앓이를 하곤 했다. 실제로 대문은 제 누이의 일이라면, 그것도 해가 될 만한 일인 것 같으면 물불을 가리지 않았다. 하지만 평소에는 취양비의 영업장에 저를 드러내는 법이 거의 없었다. 취양비가 싫어한 까닭이었다. 하여 사람들은 번번이 그의 존재를 잊곤 했지만, 그래도 어쩔 수 없는 경우가 있었다. 부리는 일꾼이 속을 썩인다든지, 수금에 문제가 있다든지, 그런 것들이야 취양비가 알아서 해결한다 해도, 운우지정을 나눠보자고 들이대는 사내들의 경우에는 취양비의 힘만으로는 버거운 데가 있었다.

벼락같이 나타난 대문의 눈에서 불길이 일었다.

"나오시지요."

말은 공손한 존대였어도 사내의 멱살을 잡아 질질 끌고 나가는 대문에게선 살기가 돋아 있었다. 허랑하게 굴던 사내들은 끝내 목숨줄을 틀어잡히고서야 스스로를 후회했다. 지금까지 사내 여럿이 그렇게 끌려나가서는 뼈도 못 추릴 만큼 몸이 상해 돌아갔다. 칼을 잘 쓴다는 대문이었다. 죽거나 몸 한군데가 잘려나가지 않은 게 다행이었다.

하지만 모든 경우가 그렇게 결론나는 것은 아니었다. 이해관계가 끼면 사정이 달라졌다. 이를 취하고 해를 피하기 위해서라면 취양비는 말 그대로 몸을 아끼지 않았다. 철저히 비밀리에 이루어지는 뒷거래였기로 제대로 소문난 적은 없었지만, 취양비의 베갯머리송사의 영향력은 지대했다. 그리고 수년 전에, 가진 재물은 많으나 영리하지 못한 최명구가 그 상대로 걸려든 것이었다. 그때 최명구의 나이 스물하나였다. 취양비? 서른셋.

최명구가 명례방 제집에서 그리 가깝지도 않은 당주동 취양비의 바침술집을 찾게 된 것은 순전히 친구 조한기의 부추김 때문이었다. 군기시軍器寺 만년말단 조참봉의 골칫거리 막내아들 조한기는 장안의 유명한 악소배 백달치를 영웅처럼 따르던 청년이었다. 백달치의 수하가 되고 싶어 제 돈까지 뿌려가며 온 정성을 다했지만, 백달치는 반드시 혼자서 움직인다는 철칙이 있어 동료든 수하든 두려 하지 않는 악소배였다. 조한기도 끝내 받아들여지지 않았다. 그래도 열심히 따라다닌 보람이 있어 백달치의 심부름을 몇 번 해준 일이 있었는데, 그것이 조한기에게는 일생의 최대 영광이었다. 하지만 조한기는 진득하지 못한 인사였다. 더는 매달리지 못하고 제풀에 지쳐서는 딴 궁리를 시작했는데, 그것이 교방이었다. 술집을 겸한 기방인 교방, 바로 그것 말이다. 물론 기방의 속성을 가진다 해도 일패 기생은 그의 몫이 아니었다. 제대로 교육받은 관기를 그가 무슨 수로 사사로이 부릴 수 있겠는가. 그저 이패에 속하는 기생, 은근짜들을 그러모아 번듯한 교방을 차려보려는 욕심이었다. 문제는 자본. 그러다보니 혹시나 눈먼 돈이 없을까 눈에 불을 켜고 주변을 훑던 중, 어설프기 그지없는 최명구를 낙점한 것이었다. 그러고는 수를 쓰기 시작했는데, 그때 처음 데려간 곳이 취양비의 바침술집이었고, 술을 즐기지 않는 최명구에게 술기운을 쐬어준다는 말 같지도 않은 명목이 줄레줄레 따라갔다.

취양비는 최명구의 가치를 한눈에 알아보았다. 왕성한 혈기와 아둔한 머리에 꽤 되는 재물까지, 그렇게 골고루 갖추기가 쉽지 않았으니 최명구는 최고의 먹잇감인 셈이었다. 그녀는 자신이 발산할 수 있는 매력을 최대치로 끌어올렸고, 음기의 영역을 확장시켰다. 흐느적거리면서도 감아치는 듯한 걸음걸이로 최명구의 주변을 뱅뱅 돌았다. 결국 최명구는 일 각이 채 지나기도 전에 취양비에게 눈을 홀려버렸다. 그리고 그날 밤 취양비의 요나한 감창甘唱소리에 귀마저도 홀랑 빼앗겼다. 처마에 걸린 등롱의 불빛이 은근했다.

"나, 저 여자랑…… 살아야겠어."

취양비를 만난 지 고작 만 하루 만에 최명구가 조한기더러 한 말이었다. 흥분이 채 여과되지 않아 쇠진 목소리가 가운데서 무지러졌다. 최명구의 아내도 곧 그 결심을 알게 되었다. 빨래하던 아랫것이 주인나리의 피 묻은 바지를 사색이 되어 들고 온지라, 초풍한 그녀가 엎어져 낮잠 자던 지아비의 아랫도리를 큰맘 먹고 벗겨보았는데, 엉덩이 양쪽에 손톱에 찍힌 자국이 다섯 개씩 선연했기 때문이었다. 최명구의 첫 외도였다. 그의 아내가 닦달했음은 물론이었다. 그때 최명구가 낯빛 하나 안 변하고 했다는 대답은 동서와 고금을 망라한 명언 중 명언이었다.

"혈서요. 눈에 띄면 안 되는 중한 것이라."

"어디로 봐서 이것이 글자입니까?"

"서둘러 입었더니 뭉개진 게요."

"내용이 무엇입니까?"

"나라의 전정에 관한 일을 내 어찌 함부로 발설하겠소."

"왜요? 달거리는 아니구요?"

"그럴 수도 있겠구려. 아무래도 의원을 만나봐야지 싶소."

"하면, 엉덩이의 그것은 무엇이라 하실 겁니까?"

"긁은 거 아니겠소."

"사람이 자기 엉덩이를 위에서 아래로 긁는단 얘긴 들어본 적이 없습니다."

"그만큼 당신 지아비가 잘났다는 거 아니겠소."

공생원은 질금질금 비어져나오려는 웃음을 어금니로 깨물며, 시선을 여기저기로 돌렸다.

사랑은 그새 꽤 달라져 있었다. 새로 들여놓은 거문고의 무게감이 중후하고, 바닥에 깔아놓은 모전毛氈의 기하학적 무늬는 울긋불긋하고 화려했다. 병풍도 달랐다. 빼곡하게 씌어 있던 초서 문장이 그새 화조도로 바뀌어 있었다. 여덟 폭 병풍의 끄트머리에서 샛노란 죽단화의 망상스러움이 도드라졌다.

"도화서 별제別提 정한문의 솜씨입니다."

'안 물었다……'

"나라 최고의 화원 아니겠습니까? 어렵게 구했지요."

'그게 나와 무슨 상관이랴……'

공생원은 최명구가 서먹한 마음에 의도적으로 말을 아꼈다. 반면 최명구는 오랜만에 혈육이라도 만난 듯 쉴새없이 별별 것을 다 조잘댔다. 그리고 그의 수다는 배꼽으로 주제가 바뀌면서 뜨거워졌다. 최명구가 언제부터 배꼽학에 도가 텄는지는 알 수 없으나, 사실 그가 읊어대는 말들 중에 들을 만한 것들이 아주 없지는 않았다.

"체상 중에서는 제상을 으뜸으로 치지요. 우선 배꼽이 크고 테두리가 두툼하면 장수하고 재물복이 있다고 합니다. 제 배꼽이 그렇습니다. 하하! 그리고 배꼽이 틀어지고 실개천처럼 주름이 많으면 장이 약하다는데, 제 집사람이 그런 것 같습니다."

'이런 상놈의 자식 봐라! 남녀가 유별하거늘 어찌 제 마누라 배꼽 얘기를 함부로……'

"속탈이 잦아서 걱정이지요. 흐흠. 그리고 너무 쏙 들어간 배꼽은 활동적이고 친절하지만 마무리가 깔끔하지 않다고 합니다. 참외배꼽은 소심하고 고독한 성격이나 정직한 면이 있고, 배꼽 안에 쇠 금金자 모양이 있으면 구두쇠라는 설이 있고 말이지요. 또 배꼽이 비非자 모양이면 사치하는 경향이 있고, 처진 배꼽은 게으르다고 하니 이런 배꼽을 가진 여자를 만나면 남아나는 것 없이 죄다 거덜이 나겠지요. 하나 왕실 양명술에 의하면 부지런히 수양하고 덕을 쌓으면 배꼽 관상은 얼마든지 바꿀 수 있다고 하니 그나마 다행 아니겠습니까?"

공생원은 중간 부분에서 잠시 비위가 틀리기는 했어도, 거기까지는 솔깃하게 들었다. 그러다가 문득 이런 생각이 들었다.

'이 자식, 언거번거한 것이 괘꽝스럽지만, 아무래도 보기와는 다르다. 속에서 능구렁이가 크지 싶다', 하는.

최명구의 말은 이어졌다.

"아시겠지만 제가 오래 전 취양비를 가까이한 적이 있지요. 배꼽이 깊고 속에 털이 나 있는데 그 배꼽 머리가 아래로 처져 있으니 한눈에도 귀한 아들을 낳을 상이었습니다. 제 기준으로 보건대 최상의 배꼽이었지요. 그 사람한테서 자식을 볼 것도 아니었는데, 제가 그 배꼽에 환장을 했었습니다. 참 좋은 배꼽이었는데……"

최명구가 아쉬운 듯 입맛을 쩝쩝 다셨다.

드러난 적이 거의 없었던 취양비의 사생활 중에서 제일 요란하게 소문났던 그들의 관계는 최명구가 더 깊은 배꼽을 가진 금원황禁苑黃이라는 여자에게 눈을 돌리면서 파탄이 났다. 금원황은 조한기가 최명구의 도움으로 차리는 데 성공한 교방에서 제일 못생긴 기생이었다. 그 일을 두고 한집안 사람들조차 비웃었다.

"취양비에 금원황이라. 꼴에 양반이라고 국화로만 가는 모양일세. 그만하면 사군자 중에 하나를 뗀 셈이니 다음은 내한매, 홍천초 해서 매화 차례인가? 하하하!"

"그마저 떼고 나면 해오라비나 흑란이겠구만. 한데 기생 이름이 솜대, 왕대 그럼 우습지 않겠는가? 아무래도 대나무는 건너뛰라고 해야겠네그려. 허허허!"

공생원은 흠칫했다. 마나님의 배꼽도 그러했으니 당연했다. 공생원은 순간적으로 그 배꼽의 깊이가 성형에 의한 것임을 까맣게 잊고 있었다.

'그런 귀한 배꼽의 덕을 스무 해가 넘도록 보지 못한 것은 진정 내 탓이라!'

자괴감에 눈물이 다 돌 지경이었다. 하나 곧 공생원의 안색이 바뀌었다.

'이 자식이 나한테 저런 말을 아무렇지도 않게 하는 것은 필시 나를 바보로 알고 있다는 걸 은연중 티내기 위해서일 것이라. 무엇보다도 내 마누라 배꼽을 본 것이 틀림없으니, 내 짐작

이 맞다.'

공생원은 자신은 듣지도 않는 배꼽 얘기에 아직도 열중해 있는 최명구의 얼굴을 조심스러우면서도 게걸스럽게 탐색했다.

'오소리 같이 생겨먹은 자식.'

그새 얘기가 다 끝났는지 최명구가 공생원을 보고 헤실헤실 웃었다.

'석 달 열흘 동안 양물이 뻗대만 있대도 부끄러운 줄 모를 자식.'

"생원께서도 그리 생각하시리라 여깁니다. 공덕을 쌓으면 바뀌기도 하는 것이니……"

끝난 것이 아니었다. 그놈의 배꼽. 최명구가 또 입을 뗐다.

"제 아들놈 배꼽이 그리 엉망일 줄 상상이나 했겠습니까? 아무리 생각해도 기가 막혀서…… 태교에 문제가 있었던 겝니다. 제 평생 그런 배꼽은 정말 처음입니다."

'그 평생 참 길기도 허다. 몇이나 먹었다고, 열 살이나 많은 내 앞에서……'

"생원께서는 태어날 아이 배꼽 걱정은 안 하셔도 될 겝니다. 저희 최씨 집안 사람들 배꼽 내력이 참 좋질 않겠습니까."

'좋겠구나.'

"송아 누이도 빠지지는 않습니다."

'뭐라? 이 자식이……'

"어려서 누이 배 찜질하는 것을 옆에서 본 적이 있습니다. 그때부터 제가 좀 남달랐나 봅니다. 누이 배꼽에 어찌나 몰두했던 지 결국엔 쫓겨나지 않았겠습니까. 하하!"

"끄응!"

악소배 백달치

도도삼강盜道三綱, 도둑에게도 있다는 삼강오륜. 첫째, 과부와 고아의 집은 넘보지 않는다. 둘째, 효자와 열녀의 집엔 들지 않는다. 셋째, 절간과 신당은 털지 않는다.

"망패지자妄悖之者. 악초악목惡草惡木."

옥류동 아씨의 강파른 마음이 조목조목 문자로 구성되고 있었다.

'나는 과부야. 고아인 셈이고. 물론 효자는 아니지. 열녀는 더더욱 아니고. 나도 알아.'

그녀의 마른 시선이 뒷산을 향했다.

'하니 부지기초는 가당치도 않지.'

부지기초不知飢草는 오뉴월 보릿고개를 넘겨준다고 해서 붙은 이름이다. 그런데 이 풀이 사람 목소리만 들으면 잎을 닫아버리는데다가, 한술 더 떠 잎을 강제로 벌려놓기라도 하면 그냥 죽어버리는지라 그 기세를 가상히 여긴 사람들에 의해 열녀초烈女草라고도 불렸다. 그 만고의 열녀가 산나물로 현신해서는 옥류동 아씨집 후문 뒷산에 오밀조밀 모여 있었다.

'그래도 이건 아니야.'

그녀가 더 뻣뻣해졌다. 부러지기 쉬운 몸이었다.

'후레자식이라고들 한다지? 나 같은 과부를 등쳐먹으니, 들어 마땅한 소리. 흠……!'

후레자식이라. 배운 데 없이 제풀로 막되게 자라 교양은커녕 버릇조차 없는 자식이 후레자식이었다.

'내외주가 매상이 전만 같지 않음은 저도 알고 나도 알고. 그래서 북촌 터를 버리고 남촌으로 옮겨와야 했던 것 또한 저도 알고 나도 알고.'

내외주가內外酒家란 몰락한 양반이 생계를 위해 내는 술집으로, 양반의 체통상 내외법이 깍듯하다 하여 얻은 이름이다. 그리고 그녀가 내외주가 옥류동 아씨집의 주인 옥류동 아씨 안씨였다. 그녀의 친정이 옥류동에 있어서였다.

잘나가는 문벌의 딸이었던 그녀가 어떻게 술장사로 나서게 되었는지에 대한 내력은 어찌나 치사하고 억울한지 그 속사정을 알게 된 이들 모두가 귀를 털고 혀를 찼다. 간혹 모르는 사람들이 치미는 호기심을 못 이기고 질문을 하면, 아는 사람은 아는 사람대로 얼마간 버티는 시늉을 해야 하는 것이 불문율이었다. 하지만 결국엔 발설의 순간이 왔고, 마지막엔 입이 쓰다며 침을 뱉었다.

'여기까지 어떻게 버텨왔는데……'

"경은 죄인의 역성을 그만 삼가라."

박원종은 입을 다물었다.

"안우번을 먼 섬으로 내쫓는 데 명목이 없을 수 없다. 안우번은 용감하고 건장한 것이 남보다 뛰어나 과인에게 큰 힘이 되었기에 그 공을 인정받았던 것이다."

말 그대로였다. 옥류동 아씨 안씨의 아비 되는 안우번은 선왕을 들어내다버린 거사에서 공이 혁혁했음을 인정받은 공신이었다. 하지만 측근을 내치는 자리라고 하기에는 상의 표정에 가득한 즐거움이 노골적이었다.

"그러나 조관이 되어서는 자기를 미워하거나 원망하며 해롭게 한 일이 없는데도 오히려 흉측한 짓을 하는 것이 도둑질과 다름이 없고, 여전히 스스로 징계하고 뉘우치지 않으니, 이는 그를 믿고 공신에 봉한 과인을 능멸하는 것이다."

안우번에게 비리에 대한 변명의 기회가 분명히 있었다는 지적이었다. 안우번이 그 기회를 날려버렸을 따름이었다. 독대는 뉘우칠 수 있을 때 뉘우친다면 그 뉘우침을 가납하겠다는 임금의 아량이었다. 하지만 안우번은 제 입장만 불평으로 늘어놓아 상의 진노를 불러들였다. 젊은 날의 혈기와 패기를 임금에게 온전히 바치고도 병조판서나 포도대장, 훈련대장은커녕 관찰사나 병마절도사도 못 된 제 처지를 먼저 인정하시라는 말만 되풀이한 것이었다.

"지금 처벌을 받아 떠나지만 그의 행태로 보아 도망하면 잡기 어려울 것이니, 가는 길을 군사들이 호위하게 하고 적소謫所에 이르러서는 위리안치圍籬安置시키라. 항상 군사로 하여금 지키도록 해야 함도 잊지 말라."

'하는 것이 어떻겠는가?'도 아니고 '하라!'였다. 박원종은 역성을 그만두기로 했다. 떼도 때를 봐가며 써야 하는 법. 더이상 우기다가는 안우번의 머리 위로 떨어진 추상 같은 어명이 제게로 옮겨붙을지도 몰랐다. 그래도 박원종은 물에 젖은 솜보따리를 끌어안고 눕기라도 한 것처럼 마음이 무겁고 축축했다. 선왕조 시절부터 수하로 부렸던 안우번이었다. 지금이야 방귀 한 번 뀌는 것만으로도 나는 새까지 떨어뜨리지만 그에게도 무명의 시절이 있었고, 안우번은 그때부터 동고동락한 사이였다. 당시 별시위別侍衛의 하급 무관으로 무예도 제법인데다 눈치가 빨라 상관들의 총애를 받던 안우번을 자기 사람으로 만들고 나서 박원종은 퍽 흐뭇했었다.

'조용히 노는가 싶더니만……'

그랬다. 안우번은 놀았다. 백수가 아닌 종이품 중추부동지사中樞府同知事로서 놀았다. 중추부라는 곳이 왕명을 출납하고, 병기兵器와 군정軍政, 숙위宿衛 등의 직무가 있는 곳이기는 하지만, 원래는 딱히 할 일 없는 당상관 우대가 그 설립 목적이었다. 정삼품 첨지중추부사僉知中樞府事의 경우는 그 정도가 더해서 나이 많은 이를 낮추어 가볍게 부를 때 성 뒤에 '첨지'를 붙이는 경우가 허다

했으니, 뒤란에 돼지 키우는 박가는 박첨지, 밭에 오리 놓아기르는 최가도 최첨지였다. 그러니만큼 놀 수밖에 없었다. 내금위니 별시위니, 여기저기 군영을 들락거리며, 그저 놀 수밖에. 그리고 그렇게 놀고 있어야 했다.

'술이 일을 낼 줄 알았다.'

안우번의 가장 큰 단점은 주사였다. 조금 마시고 빨리 취하는 데다, 일단 취하고 나면 위아래가 없는 통제 불능의 상태. 하여 주변의 주의도 잦았고, 그도 알아서 조심하는 편이었지만 터질 일은 터지게 되어 있었다.

그가 집들이를 핑계로 예전 별시위에 몸담고 있을 때의 벗들과 어울린 날이었다. 그냥 집에서 그리 놀다가 말았으면 아무 문제가 없었을 것을, 무슨 바람이 들었는지 광화문 앞 육조거리 병조兵曹 관아 안까지 몰려가 뒤풀이를 또 했다. 술이 상투 끝까지 치받친 안우번이 집으로 돌아오던 길, 말을 타고 오는 한 여인과 마주치게 되었다. 한데 안우번이 보기에 기생이 분명한 그녀가 말에서 내려 예를 행하지 않고 그냥 지나쳐가버렸다. 놀고 있는 자로서의 피해의식이 도진 안우번이 득달같이 쫓아가 그녀의 머리채를 잡아채 끌어내려서는 들고 있던 채찍으로 매질을 했다. 기생이 아니라며 수행하던 시종이 극구 말렸지만 안우번은 듣지 않았다. 말군襪裙, 즉 승마용 겉바지를 입지 않았으니 양가의 부녀자일 리 없다는 이유에서였다. 결국 그 여인은 혼절해 실려갔다. 한데 알고 보니 그녀가 영접도감迎接都監의 낭관郎官인하세환의 처였던 것이다. 안우번은 당황했지만 협상의 여지는 충분했다. 하릴없는 중추부동지사이기는 해도 안우번은 종이품이었고, 하세환은 정오품이었다. 그는 힘으로 밀어붙이면 어떻게든 무마할 수 있을 것이라며 개의치 않았다. 하지만 하세환의 처가 하필 중전 윤씨의 친정붙이인 게 사달이 되었다. 정오품 문관의 아내, 외명부 공인恭人이 말군도 입지 않고 활보한 일은 의도적으로 묻혔다. 단지 폭행을 당한 피해자의 처지와 폭력의 수위에만 초점이 맞춰졌다. 게다가 술판을 다른 곳도 아닌 청에서, 그것도 근무시간에 거방지게 벌였기 때문에, 지나다가 냄새만 맡은 이들까지 죄다 감사에 걸려들어 각자의 직급에 맞게 혼쭐이 났다. 안우번은 임금과 중전, 그리고 지인들에게까지 골고루 미운털이 박힌 진정한 낙동강 오리알 신세가 된 셈이었다.

박원종은 손을 털었다. 그래도 옛 정리를 생각해 비밀리에 몇 자 적어 쥐여주는 성의는 보였다.

'장담하네. 사약이 뒤를 따라가는 일만은 없을 것이네.'

결국 안우번은 전라도 연해에 유배되었다. 하지만 그전까지 볶아댄 속을 생각하면 차라리 편안한 결말이라고 할 만했다.

안우번은 진작부터 빗나가기 시작한 셈이었다. 병충분의정국공신秉忠奮義靖國功臣 삼등공신으로 봉해진 날이었다. 안우번은 '병충분의'라는 네 글자를 붙들고 포효했다.

"일등은 병충분의협책익운정국공신秉忠奮義協策翊運靖國功臣으로 여덟 자가 앞에 붙고, 이등은 여섯 자가 더해져 병충분의익운정국

공신秉忠奮義翊運靖國功臣인데, 왜 나는 글자가 한참 적은 것이냐? 내가 저들보다 한 일이 적더냐? 오히려 궂은일을 도맡았거늘, 어찌 나를 이리 홀대하느냔 말이다!"

"그래도 영감! 사둥은 분의정국공신奮義靖國功臣이니 그들보다는 두 자나 많지 않으십니까?"

"닥쳐라!"

안우번이 던진 목침이 집사의 눈두덩을 맞혔다.

글자 수 하나에도 콩 튀듯 팥 튀듯 했던 안우번은 새로 지은 박원종의 사저를 다녀와서는 아예 앓아누웠다. 화려하게 장식된 대문 세 짝을 순서대로 거쳐 들어가니 옥돌로 다듬은 뜰이 나오고, 거기서 문 하나를 또 거치니 날아갈 듯한 누각 연못가에 자단향의 평상이 있더라, 그러면서 꺼이꺼이 울었다. 성종조의 한 외척은 자단향으로 집 사치를 했다가 목이 달아나기도 했으니, 박원종의 세가 그만큼 대단하다는 증거였다.

그날 이후 안우번도 스리슬쩍 집수리에 들어갔다. 하지만 그는 쟁쟁한 일등, 이등 공신들 틈바구니에서 자신이 드러나는 걸 원치는 않았다. 하여 눈에 띄게 집을 키우는 대신 어중간한 곁채들을 헐고 마당을 넓혔다. 그러고는 화강암으로 된 박석을 깔았는데, 북쪽을 높여 비스듬히 만들어 빗물이 고이지 않게 했다. 근정전을 따라한 게 분명했지만, 제집의 넓이는 고려하지 않고 북쪽과 남쪽의 높이 차이가 약 석 자가 조금 넘는다는 말만 듣고 무턱대고 따라하는 바람에, 경사가 너무 져 꼴이 아주 우스워졌다. 그래도 안우번은 아주 흡족해하면서 조심스럽게, 본격적으로 축재를 시작했다. 하지만 안우번은 원래가 영리하지 못한 사람이었다. 그가 하고 다녔다는 협박이며 전횡이 이리 새고 저리 새더니, 결국 임금에게까지 걸려들고 말았다.

사실 비리를 발판 삼은 축재가 안우번만의 문제는 아니었다. 그러니 그 꼴을 더는 두고 볼 수 없었던 임금이 시범 삼아 휘두른 칼질에 안우번이 결딴난 것인데, 널리고 널린 부패한 신하들 중 왜 하필 안우번이었느냐. 괘씸죄였다. 이성으로나 논리로는 해결이 불가능한 고약한 죄. 중전의 친정붙이를 건드린 것도 모자라, 같은 공신들 앞에서는 설설 기는 주제가 임금 앞에서는 두 눈 똑바로 뜨고 제 할 소리를 다했으니 말이다. 아씨가 시집가고 여덟 달만의 일이었다.

"견뎌야겠지요?"

아씨가 질문인 듯, 다짐인 듯 말을 이었지만 임씨는 상관하지 않았다. 남편 안우번이 끌려가고, 같은 옥류동에 살고 있던 친정 동생의 집으로 옮겨온 그녀는 정신줄을 놓다시피 한 상태였다.

"경기도에 있는 시아버지가 도성 안의 며느리를 어떻게 구박할 수 있겠느냐, 사람들은 하나같이 의아해하겠지요. 하나 마음만 먹으면 못 할 것이 없는 게 사람이더군요, 어머니. 사흘돌이로 한 번씩 집으로 서찰을 보내고, 그 인편에 제가 어쩌고 있는지 정황을 챙겨간답니다. 그 틈틈이 제게 죽은 듯이 살라는 잔소리도 잊지 않지요. 어제도 받았습니다. 가문의 명예에 흑칠을 했으니 부디 몸과 마음을 자중하라. 흠! 저번하고, 저번의 저번하고, 저번의 저번의 저번하고 여일하지요. 지치지도 않습니다. 밴댕이가 따로 없어요, 어머니. 경기도 관찰사씩이나가 아닙니까. 자리가 아까워요. 죄가 연좌된 것도 아니고, 정치적으로 곤경에 빠진 것도 아니잖아요. 재산에 손해를 끼친 건 더더욱 아니구요. 한데도 구박이 자심합니다. 어찌 된 일이 함께 사는 시어머니보다 떨어져 있는 시아버지가 더 지독한지요."

화로를 뒤적이던 아씨의 눈에 화락, 불이 일었다.

"뭣보다도 제가 뭘 먹는 꼴을 못 봅니다. 아버님이 사람을 잘못 봐도 한참 잘못 보셨어요. 하나밖에 없는 자식을 이렇게 만들어놓고……"

그때였다.

"가거라. 듣기도 싫고 보기도 싫으니. 어서 가."

내내 넋놓고 있던 임씨가 그날 처음이자 마지막으로 딸에게 보여준 온전한 정신이었다. 아씨가 스스로를 고아라고 작심하게 된 결정적인 계기이기도 했다.

그 와중에 아씨의 남편이 죽었다. 거웃도 듬성듬성한 주제에 보고 배운 것은 넘쳐서, 학당 친구들과 기생까지 불러 뱃놀이를 갔다가 물귀신이 되었다.

"갑자기 흔들, 그게 다여요. 탈 사람이 많아서 거문고도 못 실었는데……"

유일한 생존자, 기생 흑유화黑油花의 증언이었다.

그러자 이번엔 아씨에게 어느 정도 동정적이던 시어머니와 시누이까지도 아씨를 학대하기 시작했다. '서방 잡아먹은 년'이 주제였다. 서러웠지만 그래도 아씨는 끝까지 시집에서 등을 비빌 작정이었다. 의지가지할 곳 없는 신세에 그나마 모진 시집도 집이라고 붙어 있을 결심이었다. 하나 '열녀문' 이야기가 나오면서 고만 사정이 달라졌다. 열녀문이라. 알아서 죽어달라는 소리였다. 아씨는 지지 않았다.

"내가 미쳤습니까? 누구 좋으라구요?"

그러고는 시집갈 때 친정에서 해준 패물이며 옷감은 물론, 제 아비가 죽은 남편에게 선물로 주었던 전답 문서까지 모조리 긁어담아 집을 나왔다. 그리고 그길로 찾아간 사람이 바로 장안의 대표격 후레자식, 백달치였다.

백달치와 아씨의 인연은 한참을 거슬러올라가야 했다. 당시 안우번의 집에서 제일 반반한 축에 들었던 계집종 말치가 동네 우물가에 간 날이었다. 집 안에도 우물이 있었지만 말치는 종종 바깥 우물을 이용했는데 그 이유야 뻔했다. 그 말치가 동무와의 긴 수다를 간신히 접고 물동이를 채워 머리에 이다가 그만 똬리를 빠뜨리고 말았다. 동무는 벌써 저만치 가고 있었던지라 난감해진 말치가 엉거주춤 서 있는데, 그 곁을 지나는 한 사내가 보였다. 물동이를 이고 언제까지 벌을 설 수 없었던 말치가 염치와 체면을 불구하고 사내를 불렀다.

"저어……, 저기요……"

하지만 사내는 걸음을 쉬이 멈추지 않았다.

"보셔요, 여기요, 있잖아요!"

다급해진 말치의 입에서 부를 만한 것들이 죄다 튀어나오고 나서야 사내가 겨우 돌아보았다. 봐줄 만한 인물이었다. 검은 턱수염이 너슬너슬했다. 말치의 얼굴이 발그레 달아올랐다.

"나…… 말이요?"

"예! 저어…… 똬리가 떨어졌는데 좀 도와주시면……"

말치가 채 말을 맺기도 전에 사내가 대답 대신 성큼성큼 다가섰다. 말치는 심장이 내려앉는 기분이었다. 그러잖아도 낯선 남정네가 눈에 버거운데, 그 왈랑왈랑 뛰노는 속을 아는지 모르는지 사내가 똬리를 주워서는 말치의 코앞에서 흙을 탈탈 털며 시간을 끌었다. 말치는 죽겠는 심정으로 사내를 곁눈질했다. 그렇게 싱긋싱긋 웃으며 한참을 머무적거리던 사내가 문득 고개를 들어서는 말치의 얼굴을 빤히 들여다보았다.

'에고고! 말치 죽는다!'

말치의 다리가 후들거리기 시작했다. 이번엔 민망스럽게도 사내가 말치의 위아래를 대놓고 훑어내리기 시작했다.

'아이고!'

드디어 사내가 말치의 머리에 똬리를 얹어주었다.

"후우!"

말치의 가슴이 있는 대로 부풀어올랐다가 꺼졌다. 한데 겨우

가는가 싶던 사내가 몸을 홱 돌리더니 과녁에 화살 꽂히듯 쾌속으로 입을 들이밀었다.

'쪽!'

입술이 제대로 붙었다 떨어졌다. 어차피 말치의 입은 숨을 내쉬느라 한껏 삐져나온 상태였으니 사내로서는 어려울 것도 없는 일이었다. 그게 다가 아니었다.

"나 백달치요. 잊지 마오."

어엿하게 인사까지 챙기고는 말치가 학질 걸린 기생년 발작 떨어질 만큼 놀라는 사이, 순식간에 은비녀를 빼내 도망을 했다. 물동이가 떨어져 박살이 났다.

물이 튀어 치마 아랫단이 젖은데다 비녀가 뽑히면서 머리카락까지 쏟아져 볼썽사납게 된 말치 꼴을 보고, 서방 개구의 눈에 불이 일었다. 툭하면 혼자 바깥출입이더니 그예 일을 냈다면서 손찌검에 발길질까지 말치를 고루고루 때렸다. 결국 그 소란이 주인 안우번의 귀에까지 들어갔고, 동원된 개인 수졸들에 의해 백달치가 잡혀들어왔다. 하나 안우번은 백달치가 첫눈에 마음에 들었다. 무엇보다도 교활해 보이는 눈빛이 구린 일을 도모할 때 꽤 쓰임 직해 보였다. 그날 이후, 안우번의 뒷구멍 잡사를 도맡게 된 백달치였다. 하여 어린 아씨와도 안면이 깊었으니, 팔자가 사나워진 아씨에게는 패가에 이른 제 친정의 몰인정한 어미보다 백달치가 더 믿음직하게 여겨질 수밖에 없었다. 하여 아씨는 제 살길을 백달치가 열어줄 거라는 확신하에, 한 치의 머뭇거림 없이 그를 찾아갔던 것이다.

백달치는 빠르게 움직였다. 인맥을 동원해 북촌 지역을 샅샅이 뒤졌다. 땅을 사서 집을 짓기에는 시간적으로나 금전적으로 무리가 있으니, 빈집이나 팔 집을 우선으로 알아보았다. 아씨의 사정이 적이 급하기는 했지만, 그렇다고 해서 아무거나 덥석 물어버릴 백달치가 아니었다. 내외주가를 할 것인 만큼 무엇보다도 목이 좋아야 했다. 그것이 꼭 사람의 통행이 잦아야 한다는 뜻은 아니었다. 적당히 구석져야 했고, 그렇다고 너무 후미져서도 안 되며, 주변이 정갈하고 시비할 사람들이 없는 곳. 마침내 백달치는 옥류동과 누각동의 경계에서 그에 적합한 반듯한 집 한 채를 찾아냈다.

그렇게 어렵게 찾은 자리였는데 아씨가 그 집을 갖게 되는 과정에서 딱 한 번의 위기가 있었다. 가출할 때도 그예 참아냈던 울화가 재산 문기文記에 서명할 때 터져버렸다.

"좌촌左寸을 찍으시오."

"화압花押하겠습니다."

"마지막으로 말하는데, 아니 되오. 부녀자나 노비가 재산의 주인일 때는 좌촌이 원칙이요."

"아무리 부녀자라 해도 상것이 아니고 글을 아는데, 어찌 고작 왼손 중지 따위를 쓰라십니까?"

"허면 수장手章하시오."

"제가 개라도 된답니까? 제 신분을 손바닥으로 증명하게요?"

"그럼 이 거래는 무효요."

아씨와 관원의 얼굴이 얼룩덜룩해지고 언성도 높아졌다. 하지만 백달치는 나서지 않았다. 아씨의 동그랗고 까만 뒤통수를 주의깊게 쳐다볼 뿐이었다. 아씨 또한 백달치에게 도움을 청하지 않았다. 홀로 힘껏 버티고 서서 관원을 상대했다.

"좌촌이든 수장이든 찍으시오."

관원의 목소리가 살벌해졌다. 잠시 파르르하던 아씨의 눈이 잠시 젖는가 싶더니 한순간에 낯빛을 원래대로 고쳤다. 그러고는 심상한 듯, 무심한 듯, 말짱한 얼굴로 좌촌을 찍어주었다.

"그래도 내 이름으로 된 첫번째 재산 아니겠습니까? 그것으로 족해야지요."

백달치는 대답하지 않았다.

북촌 내외주가 옥류동 아씨집은 그렇게 해서 시작되었다. 하지만 이 세상에 거저는 없었다. 백달치가 희생과 봉사 의식으로 정신을 무장한 이는 더더욱 아니었다. 아씨집에서 술을 마시는 사람이면 누구나 술상에 행하 명목으로 인정을 얹어놓고 가는데, 대개 당상일 경우는 술값의 열여덟 푼을, 당하일 경우에는 아홉 푼을 쳤다. 그 인정의 반을 꼬박꼬박 백달치가 챙겨갔다.

백달치가 맡은 일은 아씨집의 치안과 주인 안씨의 안녕이었다. 제가 빠져주는 것이 오히려 치안에 도움이 될 일이었지만, 취기 오른 사내들은 믿을 게 못 된다는 논리 하나로 그의 입지는 확고했다.

그 백달치가 쉰을 바라보는 나이에도 여전히 야용冶容하는 것을 두고 사람들은 제육第六의 꼴불견이라며 뒷손가락질을 했다. 꽃을 보고 눈물 흘리는 짓, 이끼 위에 돗자리 펴는 짓, 꽃가지에 속옷 말리는 짓, 달 아래 불 잡고 있는 짓, 기생 옆에서 국사 논하는 짓 다음으로 쳐서 제육이었다. 그는 백분白粉과 색분色粉, 미묵眉墨과 연지를 아예 쌈지에 넣어가지고 다녔다. 하여 그의 뻰뻰스런 길거리 화장은 남촌 사람들에게 이미 익숙한 터였다. 하지만 그는 무서운 사람이었다. 수박手搏의 고수라고 널리 알려져 있어서 함부로 덤비는 이도 없었다. 물론 순전한 독학인데다가 수련이나 방어가 아닌 공격이 목적이었기 때문에, 정통 수박과는 좀 차이가 있었다. 손질과 발질이 더 맵고 날카로웠다. 한창적엔 사람도 꽤 여럿 죽였다더라는 소문도 있었다. 한 성깔 한다는 기생들도 백달치 앞에선 꼬리를 내렸는데, 개중에서도 흑유화의 공포가 유난했다.

독특한 이름 덕인지는 몰라도 뒤집어진 배에서 용케 살아나오기는 했지만, 흑유화의 공황증세는 꽤 오래갔다. 무엇보다도 사람을 멀리해서 기녀로서의 삶을 더이상 지속할 수 없었기 때문에, 그녀는 때 이른 퇴물의 고비에 서 있었다. 하지만 조한기가 그녀를 살려놓았다. 처음에는 구사일생의 상서로운 기운이 자신의 새 일에 도움이 될 거라고 들이기 시작한 공이었지만, 곧 사사로운 감정이 생겨나면서 진실한 정성이 보태졌고, 그러다보니 자연스레 흑유화도 안정을 찾게 되었다. 하여 조한기가 운영하는 교방의 행수로 새 삶을 꾸려가고 있었다. 하지만 조한기도 흑유화 앞에서는 삼가야 하는 것이 있었으니, 바로 백달치 얘기였다. '백'자도 꺼내놓을 수 없었다. 조한기에겐 소싯적의 우상이었건만, 흑유화가 워낙 질색하는 바람에 그는 '왕년에'로 시작하는 한 가지 재미를 포기해야만 했다.

그런 백달치를 나긋나긋하게 만드는 존재가 있었으니, 바로 고양이였다. 백달치의 고양이 귀애는 가히 광적이라 할 만했다. 제가 키우는 녀석만 해도 열두어 마리였으며, 제 고양이가 아니어도 길에서 배곯고 배회하는 고양이가 있으면 그냥 지나치지 못했다. 고양이의 목에 줄을 걸어놓고 괴롭히던 조무래기들이 백달치에게 걸려 흠씬 맞은 적도 있었다.

"나비야!"

애정과 관심이 듬뿍 담긴 상냥한 목소리가 종종 골목을 울렸다. 하지만 제 주인을 닮아서인지 백달치의 고양이들도 하나같이 안하무인이었다. 거기에 당주동 바침술집들의 뒷구멍으로 나오는 술지게미들을 날마다 퍼다 먹인 탓에 주독에 절어서는, 눈에 뵈는 게 없는 녀석들이었다. 얼마 전에는 음풍에 농월하는 품새로 유유자적 동네를 어슬렁거리던 개 한 마리와 싸움이 붙었는데, 개를 가운데로 몰아놓고는 한 마리씩 돌아가며 공격을 하는 모양이 왈패들 짓거리와 하나도 다를 게 없었다. 그 꼴을 본 사람들이 백가 놈하고 백가네 괭이하고 하는 짓거리가 빼다

박았다면서 끌끌거렸다.

서의가 야반도주할 때 미처 데려가지 못한 누렁이 풍구였다. 워낙 진득하지 못해서 집에 붙어 있지를 않다보니, 제 주인이 보따리 싸는 것도 보지 못한 가여운 녀석이었다. 백주대로에서, 그것도 지켜보는 눈도 많은 가운데 고양이떼에게 수모를 당한 풍구는 한동안 어딘가에 숨어 얼굴을 드러내지 않았다.

고양이들로 인해 천하의 백달치도 허리를 다친 적이 있었다. 세월이 흐르면서 걸음걸이마저 어색해진 만만치 않은 부상이었다. 나이를 염두에 두지 않은, 고양이에 대한 애정과 의리 때문이었다.

백달치는 고양이 중에서도 줄무늬가 가지런한 새끼고양이를 더 귀애했다. 아귀에 힘을 주면 가녀린 등을 부러뜨리기라도 할까봐 겁을 내면서, 차마 만지지도 못하고 어쩔 줄을 몰라했다. 그러다가 정말로 오줌을 지리기도 했다. 한데 바로 그 새끼고양이가 나무를 타고 놀다가 나뭇가지에 앞다리 하나가 끼어버리고 말았다. 니야옹, 끼야옹, 몸뚱이 반이 매달린 채로 죽겠다고 우는데, 설상가상으로 매가 한 마리 나타났다. 발목에 시치미까지 달고 설치는 품이 야생은 아니고 권세가를 주인으로 모신 귀한 몸이었다. 사람이든 짐승이든 어린 것은 어린 것이었다. 쳐다보는 사람들의 눈에 속절없는 이슬이 맺힐 무렵, 어찌 알고 나타난 백달치가 허겁지겁 나무를 기어올랐다. 그리고 오르는 내내 소리를 질러댔다. 딴에는 매에 대한 협박 차원의 발성이었지만, 정작 매는 들은 척도 하지 않았고 오히려 사람들이 더 무서워했다.

새가 당당하게 한 바퀴 돌 때마다 나무와의 거리가 조금씩 좁혀졌다. 백달치도 녹록치 않았다. 매와 고양이, 백달치와 고양이의 거리가 거의 같이 움직여갔다. 사람들의 입에서는 어, 어, 말고 더이상의 다른 소리가 나오지 않고 있었다. 초가건 와가건 근처의 지붕이란 지붕을 다 점령한 고양이들은 아무런 소리도 내지 않고 백달치만을 주시했다. 그의 손이 고양이가 매달린 자리 바로 아래의 가지를 잡은 순간이었다. 햇빛에 반사된 매의 발톱이 반짝, 했다. 사색이 된 백달치가 몸을 날려 뻗은 팔에서 우두둑, 소리가 난 것이 바로 그 뒤였다. 하지만 고양이 등을 먼저 덮친 건 매의 발톱이 아니라 백달치의 손이었다. 매는, 충분히 제가 먼저 채갈 수 있었음에도 백달치의 손 위에서 퍼덕이다 요란하게 비상했다.

"사람을 가지고 논다. 우리가 어쩌는지 보려고 그런 거 아니겠나."

"있는 놈이 부리는 짐승 아니랄까봐 음흉스럽기가 돈독 오른 아전 저리 가라구먼."

"누려본 놈이 누릴 줄 안다고 날짐승 꾀가 주인 내림일세."

긴장이 풀린 백달치가 헛발을 짚어 고양이를 안고 떨어질 때까지, 날아간 매 한 마리를 놓고 저마다 내놓는 의견들이 왁자하게 들끓었다. 고양이는 무사했다.

그 결에 죽어나는 이는 채의였다. 회복이 더딘 정도가 아니라 아예 낫지를 않는다면서 채의를 못살게 굴었다. 하지만 틈만 나면 이리 흔들 저리 휘쩍 무예 연마에 들어갈 수 있었으니, 그것만도 채의의 공이었다.

그 백달치가 이제 공생원에겐 은인이자 용의자였다. 용의자는 그렇다 치고, 한낱 악소배를 은인으로 모셔야 하다니. 그 생각만 하면 공생원은 황용갑이 더 미워서 견딜 수가 없었다. 공생원에게 그 일은 순전히 황용갑의 탓이었다.

저번날, 황가의 집을 황망히 빠져나오고였다. 워낙 크게 놀란 터라 공생원은 마음을 방비하기는커녕 채 수습조차 못 하고 무작정 발을 옮기고만 있었다. 그저 스스로가 한심할 정도로 모자라다는 것만 새삼 절통할 뿐이었다. 츠으으, 츠으으, 흙이 짚신짝에 쓸리는 소리가 제법 크게 났다.

"게 서라."

순라군이었다. 늙수그레해 보이는 정복의 사내 뒤로 키와 덩치가 제각각인 군사들이 위풍스럽게 늘어서 있었다. 그들이 들고 선 관솔불이 이글거렸다.

"무슨 배짱이냐?"

위엄 어린 목소리였다. 공생원이 맹문 모르는 아이처럼 멀뚱거렸다. 군사 하나가 팔을 억세게 잡아당기고 나서야 공생원은 사태를 파악했다.

"어, 으…… 으……"

공생원이 뒤늦게 무슨 말이라도 해야겠다고 용을 썼지만, 당황한 그의 입은 제대로 된 문장은커녕 정상적인 발음조차 하지 못했다. 입술만 옴죽삐죽하고 선 공생원을 향해 정복의 사내가 단호하게 턱짓했다.

"끌고 가라!"

공생원이 정신을 놓으며 쓰러졌다.

"업어가라!"

그때였다.

"부장部將나리 아니십니까?"

부장 오영권의 눈매에 각이 잡혔다. 그가 막 알아본 자가 천하의 악소배이기 때문만은 아니었다.

"으흐흐! 너무 싫은 내색 마십시오. 어찌……, 위장衛將 영감께선 아니 보이십니다."

"알 것 없네."

"알 것이 없는 게 아니라 알지 못하시는 것 아닙니까? 혹 그러시다면 하문만 하십시오. 제가 알고 있으니 알려드리겠습니다. 수하들이 다 듣도록 크게…… 저들도 알아야 서로 돈독해지고 뭐 그렇게…… 으흐흐!"

"원하는 게 무언가?"

"나리의 수하 등에 널브러진 저 물건."

"자네 사람인가?"

"아실 것 없으십니다. 으흐흐!"

"데려가게!"

"언제 봐도 느끼는 거지만 부장나리는 참 간단명료하십니다. 그래서 제가 나리를 존경하지 않겠습니까?"

"가자!"

'물건'을 부려놓고 군사들이 물러갔다. 공생원은 진즉부터 정신이 든 상태였다. 하지만 여러 방향으로 뻗쳐나간 망신살 때문에, 나간 정신이 아직 돌아오지 않은 척 계속해서 늘어져 있었던 것이다.

"생원나리! 발바닥 티눈보다도 못하게 여기던 이웃이 이리 쓸모가 있을 줄 모르셨을 겁니다. 이 시각 이 장소에 생원나리가 왜 이러고 계시는지 제가 상관할 바는 아니지만, 앞으론 그러지 마십시오. 통금시간에 생긴 일은 나라님 귀로 바로 들어가게 돼 있다, 이겁니다. 가시는 길은 무탈하실 겁니다."

공생원은 여전히 꼼짝하지 않았다.

"참, 생원나리! 마님께 이 백달치가 안부를 전한다, 그리 전해주십시오. 으흐흐!"

공생원의 마나님은 백달치를 싫어했다. 특히나 백달치의 건방진 덜미절을 두고는 면전에서 잔소리도 했다.

"허리를 접으면 뭐가 떨어지기라도 한답디까? 어째 만날 고개만 까딱이시오?"

뿐만 아니라 고양이한테 유별 떠는 것을 두고는 사람한테도 잘 못하는 인간이 어쩌고 하면서 겁 없이 굴었다. 한데 그런 마나님한테 안부를 전하라니. 진의를 파악할 수 없는 '안부'라는 단어에 공생원은 죽을 맛이었다. 모래알에 팬 얼굴을 소매로 문지르면서 조금 울었던 것도 같은 그 밤이 공생원의 뇌리에 또렷했다.

십이월 스무하룻날 밤. 분을 품은 바람이 손톱에 날을 세우고 무릎 아래를 기었다. 유독 발이 시렸다. 발가락이 툭, 툭, 끊어져 나갈 것 같다면서 저마다 짚신짝을 동동거렸다. 공생원은 하루 종일 구들에 파묻혀 있었다. 그는 추위를 많이 탔고, 되도록이면 나갈 일을 만들지 않으려고 애썼다. 하지만 한 식경 전부터 견디고 있는 괄약근의 압박이 점점 버거워지고 있었다. 공생원에게 겨울은 한마디로 대변의 계절이었다.

돈이가 다녀가고부터 공생원의 심기는 뒤숭숭해졌다. 대나무집에 다니러 갔던 돈이가 돌아오면서 물어온 소식은 난감, 그 자체에 속했다.

"저포전 어르신이 다치셨다고 합니다. 간밤에 자객이 들었다는데, 엎치락뒤치락하다가 변을 당하신 모양입니다."

사방에서 변이었다.

"그나마 털린 게 없어서 다행이라고…… 아무래도 마님께서 아셔야 할 듯하여……"

자객이라. 공생원이 비웃었다. 황용갑이 강호에 묻혀사는 퇴역한 무림고수도 아니고, 거사를 도모하는 역당의 괴수도 아닌

데, 무슨 자객씩이나. 공생원은 어설픈 도적놈이었을 거라고 짐작하면서, 처음으로 돈이를 향해 움트는 노여움을 느꼈다.

'오지랖은. 쓸데없이 친절한 놈이라.'

마나님의 반응은 예상대로였다. 그 몸으로, 그 시간 그 날씨에, 그예 황용갑에게 가겠다고 나서는 마나님을 간신히 눌러앉히면서 공생원은 약속했다. 자신이 대신 음으로 양으로 살펴보겠다고 철석같이. 그리고 그 밤, 요란한 꿈들이 총천연색으로 설쳐댔다.

"새끼들!"

마지막 꿈에서 깨어난 공생원의 첫마디였다. 축축해진 이부자리에서 자지러지며 일어난 것과 동시였다. 그의 욕이 드디어 발전하고 있었다. 꿈은 이랬다.

공생원이 운종가를 걷고 있었다. 저포전에 넘겨줄 반찬보따리를 양손에 꼭 들고서. 거리는 적막했다. 한낮인데도 인적은커녕 날벌레 그림자조차 없었다. 덜컥, 무섬증이 심장을 조였고 찔끔, 오줌이 속옷을 적셨다. 그런데 난데없이 고양이들이 나타나 그를 에워싸기 시작했다. 빽빽한 털숲에서 가래 끓는 소리가 났다. 도망치고 싶었지만, 발을 뗀다 한들 다시 놓을 자리도 없었다. 그중에서 한 마리가 부풀어오르더니 공생원 앞으로 걸어나왔다. 분명 고양이인데, 두 발로 걷고 있는 품이 두목인 듯 제법 당당했다. 황당해진 공생원이 어정쩡하게 서 있자니, 녀석이 느질맞은 표정으로 입을 뗐다.

"그 동안 수고 많았다."

그런데 그 고양이의 얼굴이 정확히 백달치였다.

"그 자식이."

욕이 다시 후퇴했다.

동살이 잡히면서 추위는 더 날카로워졌지만 약속은 약속이었다. 이른 아침, 사살사살 펼쳐지는 마나님의 잔소리를 배웅 삼아 공생원이 운종가를 향했다. 족제비가죽 남바위까지 덮어쓰고 중무장을 했는데도 그의 몸은 줄기차게 떨어댔다. 그런데 공생원의 걸음이 그도 모르는 새 빗나가고 있었다. 무의식은 노련했다. 티 안 나게, 표 안 나게 공생원을 이끌었다. 그가 정신을 차린 곳은 내외주가 옥류동 아씨집 앞이었다.

공생원은 옥류동 아씨 안씨를 한 번도 본 적이 없었다. 그녀가 내외주가의 주인답게 철저하게 내외를 했기 때문이었다. 게다가 애초부터 안씨는 공생원의 관심 밖의 인물이었다. 지금도 공생원의 무의식적인 목적은 옥류동 아씨가 아니었다. 그저 백달치를 한번 봐야겠다는 가열한 일념 하나뿐이었다. 뭘 어쩌겠다는 게 아니라 그냥 한번 봐야겠다는. 백달치는 공생원이 어렵게 낙점한 용의자였다. 물론 같은 용의자라도 백달치는 경우가 좀 달랐다. 혹시 마나님이 미친개에게 물린 꼴은 아닐까 하는 두려움이 구별의 이유였다.

이른 시각인데도 아씨집은 어수선했다. 먹을거리며 땔감이며 여러 가지가 일꾼들의 손을 타고 있었다. 영업중의 고즈넉함을 위해서는 그 앞뒤로 분주한 소란스러움이 필요한 모양이었다. 날씨 탓인지 일꾼들은 서로에게 무신경한 채로 습관적으로 움직이고 있었다. 기회를 타고 말 것도 없이 공생원은 드나드는 사람들 틈에 섞여 자연스럽게 집 안으로 묻어들어갔다.

집은 생각했던 것보다 넓었고, 소박했다. 내외주가라는 표시만 없다면 일반 여염과 하나도 다를 것이 없었다. 하긴 집의 전 주인이 평범한 사대부였으니 굳이 다를 이유가 없었다. 한참을 구경하던 공생원의 눈에 술청 뒤로 난 쪽문이 보였다. 삐거걱. 쿵쾅거리는 심장을 다독이며 몸을 들이미니 골목이라고 해도 될 만큼 길고 좁은 마당이 나왔다. 그리고 다시 문 하나. 둥그런 넌출문이었다. 전돌로 마감한 만월형의 출입구를 줄사철나무가 듬성듬성 기어오르고 있었다. 디이디딕. 문은 껄끄러운 소리를 내며 옆으로 밀려들어갔다. 될 대로 되라는 심사로 공생원이 들어섰다.

짧은 나무 한 그루, 밟힌 풀 한 포기 없는 마당이 썰렁했다. 거치적거리는 것이 없어 바람이 놀기에 좋은 장소였다. 그래서인지 방문들마다 꼭꼭 닫혀 있었다. 만약에 왕후가 죄를 짓고 쫓겨난다면 옷깃을 단단히 여미고 스스로를 가두어두기에 맞춤인 곳이었다. 공생원은 갑자기 얼굴도 모르는 안씨가 가여워졌다. 그때였다. 모서리 쪽 방에서 말소리가 들려오기 시작했다. 공생원의 귀가 예민해졌다. 사내의 말소리가 점점 진해졌다.

"아씨, 계속 이렇게 나오시면 곤란합니다."

"……"

"탐화광접探花狂蝶이라더니 그자가 제대로 미쳤습니다. 뭐, 나비든 사람이든 미친 데는 매가 약이지요. 으흐흐!"

"……"

아씨의 목소리는 가늘고 약했다. 무어라고 하는지 알아듣기가 힘들었다.

"아씨를 위해서 제가 얼마나 애를 썼는지 아시잖습니까?"

"……"

"먼저 간 낭군님을 생각하셔서……"

"난 겁만 주라고 했지 죽이라고는 안 했어."

드디어 확실해진 또하나의 목소리.

"어쨌든 제가 쥐고 있는 것들이 이렇게 많은데 자꾸만 저를 무시하시면 안 되지 않겠습니까? 으흐흐. 아씨도 아시다시피 저는 무식하고 쪼쪼하고 잔인하지요."

"망패지자妄悖之者. 악초악목惡草惡木."

딱.

"제 앞에서 문자 쓰지 마시라 여러 번 말씀드렸을 텐데요."

탁.

"……"

"만나는 건 좋다 이겁니다. 또 만나서 뭘 하시든 내버려두겠다 이겁니다. 하지만 합칠 생각은 두 번 다시 안 하시는 게 좋을 겁니다."

"……"

"비녀가 못 보던 겁니다. 으흐흐. 그렇게 받기만 하시라 이거지요, 제 말은."

"……"

"그건 그렇고, 며칠 새 더 어여뻐지셨습니다. 어지간히도 핥아주는 모양이지요? 으흐흐!"

거기까지만 듣고 공생원은 되짚어나왔다. 너무나 많은 것이 한꺼번에 이해가 되면서 머릿속이 왕왕 울리기 시작했다.

하나, 옥류동 아씨는 운이 좋았다.

'사람들은 바란다, 원수의 죗값이 이승에서 치러지기를. 자신이 아니더라도 누군가가 대신 갚아주기를. 제발 한 사람쯤은 나서주기를. 그래서 품은 한이 얼마간이라도 해독되기를. 하지만 연루된 사람 전체가 그런 생각을 한다면 죄인의 죗값은 사후로 미뤄지게 마련이다. 어디에나 한 사람이 중요하다.'

그런 면에서 말이다.

백달치가 잡혀들어갔다. 죄명은 살인이었다. 공생원은 자신이 가지고 있는 정보를 이용해 이야기의 시작과 끝을 꼼꼼하게 구성했다. 적어도 마나님에게만은 이실직고할 참이었다. 하지만 그를 비롯해서 명례방 사람들은 들어본 적이 없는 사건이 너불너불 풀려나왔다.

아주, 아주 오래 전 스물에서 스물다섯 언저리의 백달치가 제

몸을 움직여 밥벌이를 할 때였다. 헤엄이라면 한강을 여남은 번이라도 왕복할 실력과 자신이 있던 백달치는 잉화도仍火島에서 삽수꾼으로 구르고 있었다. 잉화도는 양화진楊花津과 율도栗島 사이에 있는 별도의 구역으로, 오래 전부터 가축을 방목하여 기르던 곳이다. 그리고 그 일체를 전생서典牲署와 사축서司畜署의 관원이 관장했는데, 그 관서의 전복典僕들이 관원에게 제공할 돼지와 양을 키우는 일 때문에 그 섬에 집을 짓고 살고 있었다. 문제는 그들의 풍속이었다. 사촌이나 오촌 같은 족친임에도 혼인을 피하지 않는가 하면, 가까운 친척 중에 홀아비나 과부가 있으면 다른 곳으로 보내지 않고 내키는 대로 같이 살았다. 그러면서도 조금도 괴이하게 여기지 않았다. 사면이 모두 물인데다, 인접한 마을이 없어 사람들의 이목이 미치지 않기 때문이었다. 그리고 섬이라는 지리적인 특성상 출입할 적마다 물을 건너는 일로 말썽이 잦았다. 사연인즉슨, 물이 깊으면 남자고 여자고 다 벗어젖히고 건너니 탈이고, 얕으면 얕은 대로 서로 부둥켜안다시피 건너니 또 사달이라는 것이었다. 그래서 물길이 얕아졌을 때 사람을 업어 강을 건네주는 일이 바로 삽수꾼의 몫이었다.

백달치는 유명했다. 처자마다 희롱을 주고, 사내마다 뒷돈을 받았다. 꼬박꼬박 챙겨보낸 인사 덕에 관에서도 내버려두어, 백달치는 더 뻔뻔하고 더 과감해졌다. 하지만 무식하고 야만적인 그들 가운데도 이치에 맞지 않는 것이 울화가 되는 이가 있었으니, 노비 가구지였다. 오촌쯤 되는 어린 누이 말을비와 부부로 사는 감곶은 사내 가구지, 그였다. 이치를 두고 시시비비를 가린다면 가구지도 딱히 올바른 축은 아니었다. 하나 사실 이치라는 것도 다 나름의 기준에 따라붙는 재량일 뿐이니, 가구지로서는 그만의 입장이라는 것이 따로 있을 수밖에 없었고, 그는 그 입장을 널리 밝히려고 했을 뿐이었다. 처음에는 관에서 노골적으로 싸고도는 백달치를 넘보지 못하고 꾹꾹 눌러살던 가구지였다. 하지만 아내 말을비가 백달치에게 겁탈을 당하자 결국 꼭지가 돌아버리고 말았다. 안 그래도 새치름하니 건방진 미모의 아내가 언제나 걱정이었던 그는, 앞뒤 안 가리고 백달치에게 달려들었다. 합이 몇 차례 오고가기는 했다. 그러나 곧 칼에 급소를 맞은 가구지는 아내에게 유언 한마디 남기지 못하고 눈을 허옇게 부릅뜬 채로 죽었다. 관노를 죽인 일이었다. 나라의 재산을 축낸 일급 죄인이었다. 하지만 백달치는 정당방위로 풀려났다. 그래도 주변의 시선이 부대끼기는 했는지, 잉화도를 떠나 뭍으로 나왔다.

남편이자 오라비, 단 하나의 보호자를 잃은 말을비는 죽은 듯이, 없는 듯이 살았다. 휘둘리고 시달려도 아무 소리도 내지 않았다. 감찰 나온 전생서 제조提調 이열의 눈에 띄어 정실 없는 첩실로 들어앉을 때까지, 그녀는 그렇게 납작 엎드려 고개조차 들지 않고 화석처럼 살았다. 하지만 말을비는 남편 가구지를 잊지 않고 있었다. 널브러져 있던 자신을 들어안으면서 순식간에 젖어들던 짝짝이 눈, 피멍이 들도록 입술을 깨물던 누런 이, 물을 데워 아랫도리를 씻어줄 때 떨리던 손, 그 모두를 하나도 지우지 않고 있었다. 그것은 곧 백달치란 인간도 함께 기억하고 있다는 것과 같은 의미였다. 그녀는 기억을 기억하는 데서 멈추지 않았다. 다감다정한 남편 이열이 사복시司僕寺의 종오품직 판관判官이 되어 도성에 기반을 잡자, 그를 움직여 백달치를 수배했다. 그리고 마침내 원수를 찾아낸 것이었다.

하나 세상일은 언제나 의외의 변수로 북적였다. 앞일은 그 누구도 예측할 수 없는 영역이었다. 종이품 위장 박이온의 비리를 틀어쥔 백달치도 그러했다. 그 사실을 면책의 조건으로 내건다면, 그래서 거래가 원만하게 이루어만 진다면, 백달치에게도 충분히 승산이 있었다. 하지만 그런 속사정을 알 리 없는 마나님은 백달치의 면상을 더는 보지 않아도 된다면서 좋아했다.

"백가가 잡혔으니 말인데, 그 작자가 오래 전에 사람을 죽인 것을 알고 있습니다."

공생원은 바로 알아들었다. 흑유화에게서 조한기로, 조한기에게서 최명구로, 그 최명구에게서 마나님으로 이동해온 진실의 흐름이었다.

3장

선의

공생원은 하루하루를 신의의 비율 변화에 따라 쏠려 다녔다. 그제가 삼신칠의였다면 어제는 반신반의였고, 오늘은 팔신이의로 하루를 시작해 사신육의로 마감하는 식이었다. 수시로 자리를 옮겨다니는 용의자들 때문에 공생원은 실성의 경계에서 되똑거리고 있었다.

비 먹은 굴뚝이 구름을 트림했다. 살얼음 낀 하늘에 갇혀 있던 햇살은 시간이 흐르면서 푸슬푸슬 풀어져 흩어졌고, 새들은 끝내 제 그림자를 찾지 못했다. 가라앉은 빗방울이 매운 김을 뿜다가 얼어붙었다. 농부들은 세상이 더 단단히 얼기를 기도했다. 그래서 비가 눈이 되기를 염원했다. 눈이 깊게 보듬어준 땅은 보리를 참 잘 지었다.

작은앵두네가 없는 앵두나무 골목이 시무룩했다. 발랄한 청상 작은앵두네. 천방지축 과수 작은앵두네. 그녀의 부재가 주는 서러움이 사립짝 기둥마다 매달려 풀렁였다. 그녀가 만덕을 곧 잊어버린 것을 사람들은 흉잡지 않았다. 잊을 수 있는 것은 빨리 잊을수록 몸에 좋다는 것이 살 만큼 살아본 사람들의 중론이었다. 앵두네 또한 친정 큰오라비에게 점잖게 끌려가는 며느리를 붙들지 않았다. 아니, 나와보지도 않았다.

"어머니! 또 올게요."

천진난만한 그녀의 말소리가 골목을 꺾었다. 그날 저녁, 마나님이 앵두네와 함께 있다 돌아왔다.

"며느리 원망은 안 하오?"

공생원이 물었고,

"산 사람은 살게 두어야지요."

마나님이 답했다. 표정이며 목소리가 다 선선했다.

입덧이 더위를 끼고 물러가고 나서 개운해진 마나님은 백달치가 잡혀들어간 후로 더 가뜬해져 있었다. 하지만 출산예정일을 통과하면서부터 시간은 부쩍 뒤룩뒤룩해졌고 굼떠졌다. 마나님은 그 시간의 끝마디를 움켜쥐고 안채에서 바깥채로, 바깥채에서 부엌으로, 부엌에서 뒤란으로 굴렀다. 여전히 두부를 먹었고, 앵두나무 골목을 참견했고, 그럴수록 더워했다. 공생원도 보조를 맞추었다. 열심히 두부를 사댔고, 마나님을 참견했고, 그럴수록 추워했다.

공생원은 하루하루를 신의信疑의 비율 변화에 따라 쏠려다녔다. 그제가 삼신칠의三信七疑였다면 어제는 반신반의半信半疑였고, 오늘은 팔신이의八信二疑로 하루를 시작해 사신육의四信六疑로 마감하는 식이었다. 의심의 영역 안에서 각각의 용의자들이 차지하는 범위도 매 순간 달라졌다. 앞자리를 차지하고 있던 임술증이 귀퉁이로 떠밀려가는가 하면, 구석에 처박혀 있던 강자수가 전

면으로 부상하고, 삭제되었던 채의가 다시 등장하기도 하는 등, 수시로 자리를 옮겨다니는 용의자들 때문에 공생원은 실성의 경계에서 되똑거리고 있었다.

그리고 죄의식. 죄의식. 그 망할 놈의 감정, 죄의식. 그 망할 죄의식에 시달리는 공생원. 그러니까 그 망할 놈의 감정 죄의식에 시달려 망할 지경에 이른 공생원. 그래서 망할 공생원. 이런 망할.

"끄응!"

공생원은 스스로가 야속했다. 자신의 인격이 스스로를 배돌고 있었다.

교서관골은 여전했다. 오랫동안 끊었던 발길이 무색하게, 변한 곳이 한 군데도 없었다. 공생원의 체온이 바삐 올라가기 시작했다. 마나님 덕으로 제 부모를 빼오고 나서 되도록이면 돌아보지 않으려던 곳이었다. 익숙한 가책이 공생원을 다그쳤다. 하지만 고향이 누구에게나 푸근한 자궁은 아니었다. 어떤 사람에게는 만병의 근원이기도 했다. 공생원에게는 엎어지면 코 닿을 교서관골이 명나라만큼이나 마음에서 멀었다.

휜한 남산, 내려앉은 작은 집들, 돌투성이 흙길, 빼곡한 나무들. 박 끌어내린 초가지붕이 맨살처럼 눈앞에서 수줍었다. 공생원은 얼얼해진 손으로 갓끈을 고쳐 매다가 몇 번이나 매듭을 풀어먹었다.

"끄응!"

나귀까지 뻗대오기 시작하자 공생원은 역정이 났다. 입을 씰룩거리면서 엉덩이를 세모꼴로 세우고 꼼짝도 않는 품이 등짝 몇 대 갈긴다고 해결될 일은 아니었다. 언제 봐도 자다가 막 불려나온 듯 부스스한 꼴의 나귀는 특히나 콧잔등에 잔뜩 일어나 있는 보풀이 가관이었다. 뭐든 비비면 부글부글 거품이 일어날 것 같았다. 박기곤의 놈이었다. 원래 고집이 세기도 하거니와 말구종의 익숙한 추임새가 없으니 더 심통이 오른 모양이었다. 별반 나다닐 일도 없는데다, 두 다리로 걷는 편을 즐기는 공생원은 따로 나귀를 두지 않았다. 하지만 간만의 친척나들이에 없던 체면이라도 끌어다 세울 판이었던지라 어렵게 임대해온 나귀였다.

"이런, 기곤이에다 용갑이를 합쳐놓은 것 같은 자식아!"

공생원이 내려 나귀와 마주 섰다. 그리고 팔을 뻗어 녀석의 삐죽한 두 귀를 잡았다. 공생원의 팔 길이가 나귀의 면상보다 두 치 정도 더 길었기에 가능한 일이었다. 그러나 협상은 이루어지지 않았다. 한 편이 다른 한 편을 끈덕지게 외면했기 때문이었다. 공생원은 약이 올랐다. 제 무슨 전장을 누비는 준마도 아닌 터에, 석 달 보름은 못 잔 눈으로, 사람을 태워도 발이나 질질 끌릴 만큼밖에 안 되는 짧은 녀석이, 제 가진 의견으로 감히 사람을 쥐락펴락하려 들다니.

기와 기가 억세게 다투었다. 결론은 네 발 달린 쪽의 인내심이 두 손 두 발 쪽보다 한 수 위라는 사실이었다. 나귀는 공생원이 고삐를 잡고 앞서가기 시작하고 나서야 쫄레쫄레 따라나섰다. 콧방귀를 뀌다가 튀어나온 콧물을 맛나게 핥아 먹으면서.

높이가 제각각인 토담이 주르르 이어졌다. 눅눅한 흙냄새. 공생원이 걸음에서 힘을 덜어냈다. 유년의 기억이 사무치게 재구성되고 있었다. 어딘가를 늘 앓으며 구들을 비울 줄 몰랐던 할아버지와 할머니. 짜증내곤 곧 후회하고, 너그럽게 굴다가 바로 깐질기게 변하던 큰아버지. 마른 콩 한 알을 갖고도 벌벌 떨던 큰어머니. 그 사이에서 변변한 말 한마디 제대로 꺼내지 못했던 아버지와 언제나 주눅들어 있었던 자신과 형제들. 그리고 그런 모습을 멸시로 바라보던 사촌들. 그 모든 궁상스러움과 어울리지 않게 오롯이 해맑았던 어머니. 그리고 명예가 떨어져나가면서 수치스럽기만 했던 가난과 그 안에서 능력의 부재로 곪아가던 식구들. 공생원은 자신이 지금 끌고 가는 감정이 가족으로서의 케케묵은 연민인지, 먹고살 만해진 자의 우월함에서 비롯된 동정인지 혼동됐다.

어느 결에 엉성한 사립짝이 나타났다. 그리고 갈림길. 공생원은 주저하지 않고 왼쪽으로 몸을 틀었다. 오른쪽으로 더 짚어들어가면 임술증의 본가가 있었다. 다시 토담, 토담, 공터, 또 토담, 그러더니 빼끔히 열린 높은 문. 대추나무로 둘러싸인 교서관이 소리없이 수런수런했다.

"위로는 국가에서 아래로는 사서인士庶人에 이르기까지 일상생활의 크고 작은 의례儀禮 중 『오례의주五禮儀注』에 기록되어 있지 않은 것은, 중외中外에 널리 반포하여 일마다 익숙하게 해야 할 것이니, 교서관으로 하여금 다수 인출印出토록 하라."

그런 전교가 있었으니, 어명이 콕 집은 교서관이 한가하다면 그것은 왕권에 대한 기망이었다. 교서관은 예조붙이였다. 그리고 시도 때도 없이 갈리는 그 예조의 현재 수장은 사등정국공신 영창군永昌君 권균이었다. 권균은 안동 권씨의 족보인 『성화보成化譜』 안에서 훗날까지 반짝반짝 빛날 것이 분명한 핵심인물 중의 한 사람이었다. 공생원도 그의 이름을 익히 들어 알고 있었다. 조광조를 내치기 위해 편 가르기가 한창일 때, 그가 취한 행동 때문이었다.

사실 권균은 조광조로 인해 파직된 내력이 있느니 만큼, 그에게 앙심을 품는다 해도 누가 나서서 뭐랄 경우는 아니었다. 간혹 무고誣告도 벌어지는 정치판이었으니, 당한 대로 갚아주는 복수 정도는 약과였다. 하지만 그는 조광조를 해하는 일에 참여하지 않았다. 자신이 당했던 수모와는 상관없이, 인재는 인재라는 판단에서였다. 공생원은 삼등정국공신이면서, 양반 망신은 다 시키고 다니다 물먹고 나자빠진 안우번을 잠시 생각했다. 요사스런 그의 딸도.

"이념이건, 제도건, 주제와 명분이 대수겠는가. 문제는 사람이라."

교서관의 정문 앞에서 잠시 안을 흘깃거리던 공생원이 돌아서며 궁얼거렸다. 하지만 막상 공희달의 집으로 가려니 도무지 발걸음이 떨어지지 않았다. 애써 피해온 지난 시간의 무게가 그를 소침하게 하고 있었다. 교서관 모퉁이에서 공생원이 어물거리는 동안, 오른쪽 이마가 새카만 똥개 한 마리가 담에 오줌을 갈겼다. 푸르르르르, 나귀가 심히 불쾌해했다. 그때였다. 사부작사부작 가까워지는 인기척.

"끄응!"

공생원은 스스로가 못마땅했다. 아무리 사리분별이 안 되는 형편이기로서니, 잘못 볼 것이 따로 있거늘.

"굼벵이가 떼로 몰려 나를 골탕 먹이는구나. 밝은 것이 지나쳐 헛것이 다 보이니."

하지만 놀랍게도 서의가 맞았다. 돌팔이 서의, 서지남.

'이 자식이!'

공생원이 유일한 만능 욕을 간신히 집어삼키는 것과 동시에 서의가 공생원을 향해 달려왔다.

"우리 풍구는…… 우리 풍구는 어찌 지내오?"

뭐 그윽한 친분이 있었던 것도 아니고, 야반도주라는 민망한 형편도 달라진 것이 없으니, 열 달 만에 만나 하는 첫 인사치고는 고약하기가 이루 말할 수 없었다. 하지만 공생원은 견뎠다.

"최근엔 보지 못했소."

대번에 물기가 배어드는 서의의 눈. 공생원은 부그르르 끓어오르는 마음속에 참을 인忍자를 큼지막하게 휘갈겼다.

"파주……, 그리로 갈 생각이오. 날이 풀리면."

공생원이 움칠했다. 몇 년 전인가, 한 달 새 연달아 두 번이나 지진이 일어난 일로 파주는 도성에서도 빈번히 거론됐던 곳이었다. 그때 이후로 공생원에게 파주는 지진과 동의어였다. 그렇다고 그 일을 눈치없이 거론할 만큼 맹추는 아니었다. 공생원이 마음을 가다듬었다.

"어떤 연고지오? 고향이오?"

공생원은 정작 궁금했던 것은 차마 묻지 못하고서, 옆길로 새어나가는 말을 열심히 따라가고 있었다.

"선친께서 문두리文斗里에서 목수 일을 하셨소. 처가도 그곳에 있고. 난 곳은…… 여기요."

"여기? 도성 말씀이시오? 허, 그러시오? 도성 어디를 말씀하시는 게요?"

하지만 서의는 대답 대신 손가락으로 옷자락에서 삐져나온 실밥을 쥐어뜯기만 했다. 올이 거의 풀려나간 저고리 자락이 허줄했다.

"공생원! 나 지남이요."

뜬금없는 소리였다. 공생원이 '지남이 이 자식'을 모를 리 없건마는.

"남이. 모르시겠소? 기억 안 나시오? 끝까지? 남이, 남이란 말이오."

"뭐라? 이 무슨……"

남이. 늘 코맹맹이 소리를 하고, 앙감질 몇 발짝에도 금세 얼굴이 노래지던 비리비리한 사내아이. 까무잡잡한 얼굴에 말라비틀어진 흰 딱지가 가득해서, 공생원과 박기곤이 툭하면 얼굴에서 비듬 떨어진다고 놀렸던 그 아이, 남이.

'그 많던 버짐은 다 어디로 갔을까?'

서지남은 교서관에 나무를 납품하던 대목大木 서맹림의 큰아들이다. 교서관은 출판에 사용되는 목판의 재료로 가래나무를 썼는데, 그 나무의 일부를 서맹림이 담당하고 있었다. 물론 서맹림이 가래나무 하나만 보고 산 것은 아니었다. 도성 안에서 벌어지는 큰 공사라면 으레 그가 끼었다. 세종조에 숭례문을 보수할 때 종칠품 우변목수를 지낸 서치목이 바로 서맹림의 아버지였다. 기록으로 남은 부친의 이름이 그의 자부심이자 자존심이었다. 하여 정현편수, 공도편수, 연목편수, 야장편수, 수자편수 등등의 여러 목수들을 진두지휘하며 나무 사이를 널뛰는 그에게선 마치 전장의 장군 같은 기개마저 넘쳐흘렀다. 하지만 그의 장자인 서지남에게는 그런 기상이 없었고, 무엇보다도 나무와 친하지 않았다. 어려서부터 병치레가 잦아 살 붙을 겨를이 없었던 그는, 그저 크면 꼭 의원이 될 거라고 버릇처럼 말하던 순진한 아이일 뿐이었다.

그 서지남과 공생원, 박기곤 그렇게 셋이 찰떡처럼 붙어다니게 되면서 '남평곤계'가 조직되었다. 지남의 '남', 평의 '평' 그리고 기곤의 '곤'을 합하여 남평곤계. 어린 나이에도 주워들은 가락들은 있어서 문인들의 고고한 시회詩會와 계회契會를 본뜬 것이었다. 이름이 그리 자리잡기까지 우여곡절도 많았다. 서로 제 이름을 앞에 붙이려고 야단을 했기 때문이었다. 그 바람에 여러 가지의 경우가 조합되었는데, 아무래도 '평곤남'이나 '남곤평' '곤평남' 등등은 죄다 발음하기가 어색하다는 걸 인정할 수밖에 없었다. 하여 몇 날 만에야 간신히 만장일치를 얻어낸 귀한 이름이 '남평곤'이었다. 그때부터 셋은 약속이나 한 듯이 서로가 서로를 외자로만 부르게 되었다.

"남아! 너 평이 못 봤나?"

"평이 행방을 곤이 네가 알지 어찌 내가 안다고?"

사실 곤이와 남이의 외자에 대한 집착은 '평'이라는 공가 친구의 한 글자짜리 이름에 대한 부러움이 원인이었다. 박기곤이 자기가 아는 임금은 하나같이 진짜 이름이 외자라고 떠벌린 탓이었다. 어쨌든 남평곤 중 마지막에 해당하는 곤이 계의 실질적인 대장이었다. 간혹 평이 시비하기도 했지만, 그날의 놀이와 장난의 주제를 정한 것은 주로 곤이었다. 남이는 주로 시키면 시키는 대로 하는 축이었다.

남평곤계는 아이들이 아홉 살 되던 해에 해체되었다. 조직된 지 삼 년 만이었다. 당시 서맹림이 궁궐의 한 전각 보수에 참여한 일이 그 원인이었다. 공사중에 묶어둔 목재가 쏟아지면서 하필 몰래 구경나온 자산군者山君을 덮친 사고였다. 지존의 어린 손자가 주변의 부주의로 이마를 다쳐 피를 흘리고 흉터를 갖게 되었다는 사실은 누군가 한 사람은 책임을 져야 잠잠해질 일이었다. 그때 서맹림이 죄를 자청해 파직의 벌을 받았다. 훗날 서맹림은 잘산군乽山君으로 개봉된 자산군이 보위에 오른 뒤에 계비 윤씨를 사사한 비극을 정치 문제가 아닌 순전히 사적인 음모로 받아들였다. 그러잖아도 아들의 흠집 난 얼굴에 극도로 민감했던 대비가 감히 며느리마저 용안에 할퀸 자국을 남겼으니, 그 일을 끝내 참지도, 용서하지도 못한 것이라고.

어쨌든 그 일은 남이에게도 깊은 상처를 주었다. 서맹림의 아내가 화를 못 이기고 기르던 개를 걷어찼는데, 즉사한 연유에서였다. 남이는 절망했다. 군데군데 털이 빠진 검둥개, 풍구. 주둥이가 뾰족하고 비쩍 곯아 어디로 봐도 저를 닮은 것이 확연한 개, 풍구. 남이가 뻣뻣해진 풍구를 끌어안고 내놓지 않아서 그의 어미는 죽을 맛이었다. 남평곤계의 나머지 조직원에게 도움을 청하기까지 했다. 하지만 그들은 방 안으로 발도 들여놓지 못했다. 짐을 싸던 날도 남이는 퀭하게 꺼진 눈으로 풍구를 싸안고 있었다. 그들은 그렇게 사라졌고, 까맣게 잊혀졌다.

거의 사십 년 만의 불알친구 회동이었다. 서의의 임시 거처로 옮겨가는 길목에서 공생원은 살짝 달떠 있었다. 웬일인지 나귀는 순순했다. 고삐를 잡아당기지 않아도 두 보폭만큼의 거리를 유지하며 예의바르게 따라갔다.

'초면에 결례를 무릅쓰지 않음은 반상과 금수를 초월한 미풍

양속이라. 그래도 그렇지, 흉악한 놈 아닌가!'

공생원은 보면 볼수록 나귀의 내숭이 기가 찼다. 하여 서의의 집에 당도하여서는 부러 고삐를 바짝 묶어 녀석의 운신을 방해했다. 그래도 익히 보아왔던 난동은 없었다.

서의는 여전히 혼자였고, 짐작대로 궁색했다. 본의 아니게 길어진 독신생활에 진력난 상태인지라, 집안 꼴이며 살림 돌아가는 상황이 어수선했다. 의원에서는 조수도 있고 부리는 일꾼도 여럿이라 나름 당당하고 번듯해 보였는데, 홀로 나앉은 모습은 초라해 보이기까지 했다.

서의가 의원이 되기 위해 도성으로 오고 나서도 그의 아내 염씨는 늙은 시부모와 함께 파주에 남아 있었다. 하지만 시간은 아무래도 흘러가게 돼 있고, 사람은 언젠가는 죽게 돼 있다는 것이 순리여서, 어느덧 남편과 합칠 때를 맞이하게 되었다. 하여 서둘러 도성으로 내려오던 길이었는데, 채 반도 오지 못해서 그의 친정어머니가 쓰러졌다는 급보가 뒤를 달려왔다. 외동딸이었던 염씨는 그 길로 되짚어올라갈 수밖에 없었다. 하지만 그 상황에서도 서의가 도성살이를 포기하지 않았던 이유는 어의가 되겠다는 야심 때문이었다. 하지만 작은앵두네의 태기조차 잡지 못한 의료사고 이후, 그의 자존심과 자신감은 지렁이처럼 땅 밑을 기고 있었다.

잔뜩 어질러진 방을 피해 두 사람은 볕드는 마루에 쪼그려앉았다. 소주와 건마육乾馬肉이 나왔다. 공생원은 자신도 모르게 나귀의 눈치를 살폈다. 예전 같지 않아서 말고기는 점점 뜸해지는 추세였다. 정력에 좋다고 노령의 백마고기를 즐긴 연산에 대한 반동일지도 모르지만, 어쨌든 바람직한 현상이었다. 공생원은 말이 전쟁의 무기라는 데 진지하게 견해를 두었다. 책 속에서 읽은 북쪽 유목인들의 전쟁사 영향이었다. 나귀는 가년스럽게 구는 중늙은이들을 무시하기로 작정했는지, 콧물을 훌쩍이면서 평화롭게 졸고 있었다. 순간 공생원의 머릿속으로 양기에 좋다면 가리는 게 없는 최명구가 껄떡거리며 지나갔다. 술이 한 순배 돌았다. 공생원은 간만에 축이는 소주의 알큰한 맛에 순식간에 아리딸딸해졌다.

"어허! 참! 어허!"

도대체가 어려서의 모습은 하나도 남아 있지를 않았다. 가히 환골탈태였다. 훤한 빛다발 사이로 들여다보니, 의원에서 볼 적과는 사뭇 달라서 공생원은 새록새록 신기하기만 했다. 좀 초췌해 보이기는 해도 중늙은이답지 않게 매끈한 피부하며, 뾰족한 턱에 수북하게 매달린 잿빛 수염이 서의에게 품위를 얹어주고 있었다. 웃을 때 보이는 윗잇몸만이 여전할 뿐이었다. 찬찬히 뜯어보는데 은여우 같이 생긴 개 한 마리가 날렵하게 뛰어와 서의에게 알은체를 했다. 나긋하게 움찔대는 늘옴치근을 기준으로, 오른쪽에서만 흔들리는 복슬복슬한 꼬리의 움직임이 명랑했다.

"이쪽은 풍순일세."

서의가 개를 대하는 품이 꼭 사람에게 하듯 하는 고로, 공생원은 부지불식간 잠시 기다리기까지 했다. 서의가 풍순에게 자신을 소개하기를. 그리하여 제삼자를 낀 통성명이 어서 완료되기를.

"이 녀석들 없이 살아본 적이 없네. 사내면 풍구, 계집이면 풍순. 단순하게 그렇게 알고 사네."

하오, 에서 하네, 로 그새 말투를 바꾼 서의가 그 이후로 한참 동안 떠든 것은 풍순의 영리함에 대해서였다. 가리키는 대상이 개라는 것을 모르고 들으면 마치 자식 자랑이라도 하는 것 같은 분위기였다. 나이 먹은 짐승은 영물이라, 사람이 보지 않는 곳에선 저희들끼리 말도 하고 심지어 뒷짐 지고 걷기도 한다면서, 모든 살아 있는 것들을 함부로 해서는 안 된다던 할머니의 말씀이 기억에 생생했지만, 서의의 모습을 보고 있자니 턱 밑이 간지러운 것만은 어쩔 수 없었다.

동물에 인간적으로 집착하는 사람들의 거개가 정신적으로 하자가 있다는 것이 공생원의 견해였다. 아주 오래 전에 교서관을 드나들 적마다 양 어깻죽지에 매를 대동하고 나타났던 예조판서 성아무개가 그러했고, 사람을 골로 보내는 건 예사이면서도 고양이는 금지옥엽 다루듯 하는 백달치가 그러했고, 또 서의가 그러했다. 뭐가 그러했다는 것인지 정확하게 설명할 수는 없었다. 하지만 그네들의 정체성이 좀더 동물 쪽에 가깝다보니 순수하게 동지애가 발현되는 것이라는 짐작과, 역으로 깨달은 바가 커서 한낱 미물에 불과한 짐승도 허투루 보지 않는 것일 수도 있다는 추측이 '그러했다'의 속성이었다. 어쨌거나 공생원으로서는 이해가 불가한 영역이어서 처신이 조심스러워지곤 했다. 그는 원기회복에 그리 좋더란 소리를 귀에 딱지가 앉게 들었어도 개장국만은 먹지 않았다.

"곤이는, 아니 박참봉 집안은 무탈한가?"

"식구가 많으니 여북하겠는가? 하루걸러 하나씩 탈이네. 안 그래도 자네가 박참봉의 둘째를 살린 일을 아네."

"언젯적 일을…… 친구로서가 아니고 의원으로서 한 일."

'어쭈!'

"그게 아니어도 대놓고 치사 받을 일은 아니네. 내 한 일이 있으니."

"진료비를 과다청구하기라도 했는가?"

"골려주었다네. 아는가? 손하림 딸의 명혼사건."

"자네가 찔렀는가? 하하하! 아닌게 아니라 난리도 그런 난리가 없었네, 하하하!"

순간 뚝. 공생원이 성대를 조여 제 목소리를 잘랐다. 섬뜩함이랄까, 뭔가 자신이 제대로 당한 것 같다는 직감으로 마음에 사레가 들렸다. 술기운마저 대번에 가셨다.

"아이 때문에 그리 자주 보는데도 당최 나를 못 알아보기에 심통이 났지."

"혹……?"

"뭐 짚이는가?"

서지남의 목소리가 은근했다.

"그럼……?"

"선의였네. 아이를 포기는 시켜야겠는데, 그 불똥이 자네 안사람에게 튀는 건 아니 되겠기에. 그저 잘하고 살라고."

"그건 내가 멀쩡하다는 뜻인가?"

"미안하네."

"하면 나중에라도 말을 해줬어야……"

"기회를 못 잡았네. 나중엔 앵두네 일로 경황도 없었고."

간절히 원하던 답이었지만, 공생원은 편하게 웃지 못했다. 죄의식으로 골병든 망할 아비였으니, 자신이 앞으로 갚고 살아야 할 양심의 부채를 계산하느라 누려도 될 것을 누릴 겨를이 없었다.

진흙을 으깨 덕지덕지 발라놓은 아래, 질식을 인내하던 하늘이 노랗게 각혈을 시작했다. 뭉글뭉글 덩어리들 사이로 얼핏 비치는 푸른 살갗이 처연했다. 그제야 남이와 평이는 헤어졌다. 공생원은 외출의 목적이었던 큰아버지를 다음으로 기약하는 일이 마음에 걸렸지만, 시간은 꽤 늦어 있었다. 오늘내일하는 마나님 때문에라도 잠은 반드시 집에서 자야 한다는 것이 공생원의 의지였다. 게다가 혼인해 처음으로 마나님이 보고 싶기도 했다. 새삼 작정한 일도 있었다. 더 늦기 전에 태동을 느끼는 것. 귀로, 손으로 그리고 진실한 마음으로. 마음이 급했다.

서의는 마지막까지도 단단한 당부를 잊지 않았다.

"풍구 말일세. 보거든, 놓치지 말게."

공생원은 마지못해 주억거리며 나귀에 올랐다. 잘 봐달라는 심정으로 녀석의 머리통을 쓰다듬어주기까지 했다. 하지만 나귀는 공생원과 단 둘이라는 것을 인지하자마자 다시 버티기 시작했다.

"이런, 술증이에다 명구를 더해놓은 것 같은 자식아!"

말은 그렇게 했어도 공생원은 아까처럼 기운을 허비하지는 않았다. 그냥 나귀의 등을 순순히 비워주었다.

"내 너하고 씨름할 힘으로 차라리 걸을 것이라."

해질녘 마을은 다소곳했다. 바람도 얌전했다. 집 그림자마저 수더분한 것이 공생원은 모든 것이 못 견디게 미안했다. 낯을 들기가 민망할 정도로 서머서머했다. 자신에게 필요한 것은 누군가의 야단이고 질책이건만, 세상이 그를 너그럽게 봐주고 있었다. 공생원은 아버지에게 되게 맞았던 기억을 꺼내들었다. 한없이 물러 보이기만 하던 공령에게도 참지 못하는 것이 있었다.

큰아버지 공희달이 파직당하기 두어 달 전이었다. 부쩍 몸이 무거워진 그는 아침마다 등청을 힘겨워했다. 육덕이 원인은 아니었다. 오히려 공희달은 지나치게 말라서 탈인 사내였다. 한데도 한 걸음, 한 걸음 떼기를 숨차했고 쉬이 지쳐버렸다. 그에 비례해 그의 정신도 날로 벼려지고 있었다. 전운이 집 안을 감돌았다. 그러던 어느 날, 공희달이 아우 공령을 불러앉혀놓고 먹고 사는 일에 뭘 좀 보탤 생각은 영 하지 않느냐며 푸념을 놓았다. 공령은 죽은 듯이 앉아 있었다. 염치가 없소, 송구스럽소, 따위의 문장들이 그의 입을 연신 비비적거렸지만 공령은 그저 소리 안 나게 호흡하며, 그러고 있을 뿐이었다. 밖에서 듣고 있던 다른 식솔들도 잠자코 침묵을 지키고 있었다. 그런데,

"큰아버님! 생색이십니까? 너무하십니다."

공생원이었다.

우당탕탕 쿵닥.

튀어나온 사람은 공령이었다. 그 서슬에 떨어져 마루에 엎어진 문짝이 그의 데거친 발길에 와자작 부서져버렸다. 공령이 자신의 아들을 향해 던진 것을 차례대로 적자면 다음과 같다. 왼손에 들고 있던 합죽선, 처마에 걸어둔 대소쿠리, 짧은 수수 빗자루, 마루 아래 가지런한 나막신, 씻어 엎어둔 요강. 그랬다. 크기는 들쭉날쭉했지만 무게는 점점 무거워졌다. 댓돌 아래가 어지러웠다. 공령이 잠시 숨을 고르는 동안 식구들의 시선은 야윈 발등으로 떨어졌고, 집 안은 적막으로 내려앉았다. 하나 그도 잠시, 공령이 순간 눈을 부라리는가 싶더니, 내처 달려가 절굿공이를 잡아들었다.

"끙!"

공령이 휘청거렸다. 제대로 휘둘러보기도 전에 그의 등허리 근육이 오그라들며 고로롱거린 탓이었다. 그의 눈이 희번덕거리며 마당을 뒤집었다. 그때 그의 눈에 뜨인 것이 앞마당에 세워

둔 지게를 받친 작대기였다. 크기며 무게며, 여러모로 맞춤한지라 이내 들고 달려들어서는 공생원을 패기 시작했다. 큰어머니가 말리고 나선 후에도 퍽, 퍽, 소리는 멈추지 않았다. 어쩌면 그 일로 인해 공희달이 임문재를 찾아갈 결심을 했는지도 몰랐다. 임사홍의 떨거지들에게 뭐 하나라도 잘 보여두면, 나중에 식은 국물 한 종지라도 떨어질까 하는 요량에.

늑골의 왼쪽, 위에서 세번째와 네번째 사이로 죄책감이라는 송곳이 꽂혔다. 욱신욱신했다. 공생원의 오른손이 숨어 있는 검은 돌기를 덮었다. 모성에 밀려 퇴화된 사내의 가슴은 밋밋했지만, 펄떡거림은 힘찼다. 그는 그날처럼 그렇게 맞고 싶었다.

맨살 드러난 나무 아래 공생원이 갑자기 멈춰 섰다. '불똥이 자네 안사람에게 튀는 건 아니 되겠기에. 그저 잘하고 살라고' 가지네 몸마디 꺾이듯 순서대로 구부러지면서 공생원을 감아타기 시작했다. 때맞춰 바람이 검불을 몰아 그를 덮었다.

"설마…… 서의, 저 자식이?"

말이 떨어지기가 무섭게 푸르푸르푸르르르, 나귀가 떠들썩하게 몸을 털었다.

공생원은 미친 삼월이가 산발하고 널뛰던 때처럼 체면과 채신을 내동댕이치고 전력질주했다. 이게 웬일인가 싶은지, 나귀도 제법 잘 달려주었다. 앙상한 다리 여섯 개가 어둠의 물결을 타고 부지런히 흘러갔다. 순식간에 명례방이 나타났고, 거기서 또

금방 앵두나무가 보이기 시작했다. 마침 한길에 박기곤네 노비 부금이 나와 있는지라, 등허리를 냅다 잡아채 나귀를 떠밀어 안기고는 다시 질주.

"나리! 생원나리! 나리!"

부금이 다급하게 공생원을 불렀다. 하나 공생원은 대꾸는커녕 부금이 쪽은 쳐다보지도 않은 채 등뒤로 손만 홰홰 저어대며 계속해서 뛰었다. 부금이 에이씨, 하며 침을 뱉더니 마지못하다는 듯 공생원을 좇아 달음질했다. 이제 한숨 돌리려나 싶던 나귀도 덩달아 또. 앙상한 다리 여덟 개가 어둠의 물결을 따라 야단맞게 떠내려갔다. 하지만 아무래도 젊은 쪽의 속도가 좀더 빠를 수밖에 없었다. 부금이 어렵사리 따라잡아놓은 공생원을 붙들고 헐떡댔다.

"헉, 헉, 나리, 켁, 마님이, 헉, 애가, 헉, 헉, 아까, 커억, 찾아 가지구, 산파를, 아이구……"

단어들이 아무렇게나 잘라져나와 사방으로 튀어갔다. 그것들을 주워 간신히 이어붙이고 나니 문장은 이렇게 재구성되었다.

"나리! 아까부터 찾았는데 왜 이제 오십니까? 애가 나올 모양입니다. 지금 우리 마님이 곁을 지키고 계십니다. 저는 산파를 데리러 가는 중입니다."

공생원은 대경실색했다. 게다가 부부싸움 끝에 서방 밥 굶긴 날 시누이 마실온다고, 하필 자신이 모처럼 출타한 새 몸을 푸는 마나님이 야속했다. 이성이 나부라지면서 피곤함이 한꺼번에 밀려들었다. 질질 늘어지는 그의 그림자가 사립짝을 간신히 넘어섰다.

집 안은 조용했다. 긴박하게 돌아갔던 좀 전의 상황이 아주 먼 옛날 일처럼 까마득했다.

"후우!"

공생원의 입에서 김이 허옇게 뿜어져나오더니 바로 얼어붙었다.

어둠이 휘감은 토담을 등롱 두 개가 나누어 비추고 있었다. 공생원은 평상에 마른 엉덩이를 내려놓았다. 국수나무 그림자가 흐릿했다. 순간 잘그랑잘그랑, 부엌 쪽에서 들리는 소리가 가만했다.

"자네요?"

긴장한 공생원이 슬그니 들여다보니 매화댁이 부뚜막 앞에서 혼자 분주했다. 아궁이를 상대로 한참 씨름하고 있던 그녀의 얼굴이 모란처럼 붉었다. 두 사람의 눈이 마주쳤다. 당황한 공생원의 입에서 고생이 많으십니다, 나귀는 부금이가 데려갔습니다, 박참봉은 무탈합니까, 등등의 인사말이 연달아 딸려나오다가 멈췄다.

주뼛한 공기를 걷어낸 건 매화댁이었다.

"한참 남았어요. 이제 겨우 손가락 두 마디만큼밖에 안 열렸는걸요. 아무리 빨라도 날 밝기 전엔 어렵지 싶어요."

대강 새겨들은 공생원이 무거워진 마음의 무게를 견디며 방으로 들어섰다. 마나님은 그새 더 거대해져 있었다. 퉁퉁 부은 얼굴이 위태로웠다.

"나 왔소."

하지만 마나님은 아무 말도, 아무런 움직임도 없이 축 늘어져 있을 뿐이었다.

"여보, 마누라! 죽지 마소. 제발 정신 차리소."

죽음을 닮은 침묵에 겁을 집어먹은 공생원이 얼결에 고함을 쳤다. 그러자 마나님이 눈을 가늘게 뜨고는 한참을 깜빡거렸다. 그러더니 천천히 고개를 돌려 공생원을 바라보았다. 잠시 후 손짓. 더 가까이 다가오라는 듯한 손짓.

다가앉은 공생원을 향해 마나님의 입이 연신 옴짝거렸다.

"뭐라는 게요? 무슨 말이요? 안 들리오."

공생원이 허리를 구부려 마나님의 입에 귀를 댔다. 달짝지근한 숨내. 그 와중에도 피가 아랫도리로 쏠려들자 공생원은 민망했다. 그것이 미안하여 괜한 헛기침이라도 하려는 순간, 마나님의 쇠진 목소리가 느릿하게 감겨왔다.

"당신 자식이 아닙니다."

공생원의 엉덩이가 순간 중력을 거슬렀다.

'무어라? 옳거니! 그럴 줄 알았다.'

공생원의 눈빛이 벌겋게 곤두섰다.

"누군가? 그게 누군가?"

한데 손가락 까딱할 기운도 없어 뵈던 마나님이 상반신을 벌떡 일으키더니, 공생원 턱 밑으로 고개를 바짝 들이밀었다.

"누구일 것 같습니까?"

지나치게 살가운 목소리였다. 공생원이 움찔, 했다.

"짚이는 얼굴을 대보십시오. 제가 어느 화상의 씨를 받아온 것 같습니까?"

소름이 공생원의 온몸을 휩쓸었다.

"모를 줄 아셨습니까? 저를 등신으로 아십니까?"

"어, 으…… 으……"

"이 뱃속에 말입니다, 아이가 들어 있습니다. 그것도 스물세 해 만에 생긴 아이가. 한데 허구한 날 이 배를 쳐다보면서 끄응, 아니면 후우, 하는데 천치가 아니고서야 그 속뜻을 모를 리 있겠습니까?"

"으…… 으……"

"그 마음이 언제나 잡힐까 기다리고 기다렸습니다. 아마 이 아이도 그걸 기다리느라 날을 미뤘을 겝니다. 이젠 됐습니다. 죽을 것처럼 아파서, 너무 아파서, 당신을 봐줄 힘까지 마저 다 쓰고 있는 중입니다."

"이보시게!"

"보십시오. 당신 자식 아닙니다."

"자네……"

"그 누구의 자식도 아닙니다."

"여보!"

"내 자식입니다. 명심하십시오."

그러더니 이불 밖으로 마나님의 허연 다리가 쑥, 하고 뻗쳐 나와서는 공생원의 가슴팍을 냅다 질렀다. 공생원이 윗목으로 나동그라졌고, 동시에 마나님도 이부자리 위로 다시 떨어져내렸다. 그녀의 입에서 고통에 겨운 신음소리가 밭게 흘러나오고 있었다. 아니, 누가 들어도 명백한 울음소리가 새어나오고 있었다.

끝내 몰라도 상관없을 이야기

채만주는 한 왕실 외척의 사타구니에 슨 창질瘡疾을 소리소문 없이 낫게 해준 공을 중전으로부터 인정받아 어의가 되었다. 절차를 무시한 파격이었으나, 그 누구도 시비하지 않았다. 한 여의에 대한 임금의 총애가 깊어짐에 비례해, 그를 향한 중전의 신임도 점점 커지고 있다.

박기곤은 정계번이 주부가 되면서 봉사로 다시 승차했다. 천적 정계번을 피해 어떻게든 본감이나 강감으로 옮길 방법을 간구중이나, 여의치 않다.

강자수는 여전히 두부를 만들고 있다.

돈이는 큰 슬픔을 겪었다. 어수룩한 신참 저승사자가 김석형을, 귀를 임시로 납땜한 고참 저승사자는 고읍동을, 한날한시에 데려간 때문이었다. 김석형은 유언으로 돈이의 면천을, 고읍동은 유산으로 사백스물일곱 냥이 든 단지를 남겼다.

임술증은 처가살이를 하고 있다. 허리가 망가진 서분을 박박수가 끝내 내놓지 않아서 어쩔 수 없이 내린 결정이었는데, 예상했던 대로 장인의 구박이 자심하다.

황용갑은 얼마 전 옥류동에 몰래 다녀왔다. 대접은 시원치 않았으나, 그의 재혼은 대세다. 그리고 그의 이름을 건 두번째 점포가 양생방에 들어섰다. 김원달이 그곳의 책임자다.

최명구는 조한기 교방의 신입 기생 소설백笑雪白을 소실로 들였다. 그녀가 최명구의 아기를 가져서인데, 그 일로 금원황이 소설백의 머리채를 드잡이로 쥐어뜯은 일이 남촌에 파다했다. 소설백의 배꼽은 얕다.

백달치는 살인사건의 심리중에 옥에 들어온 사식을 먹다가 피를 토하고 죽었다. 관에서는 위장 박이온을, 민에서는 옥류동 아씨 안씨를 의심했으나, 증거가 없어 흐지부지되었다. 사식을 들인 자에 대한 나장의 진술에 따라 많은 노파들이 조사를 받았지만, 그 혐의가 판관 이열이 부리는 늙은 여종에게까지 미치지는 못했다.

공생원은 훈도방 강생원이 풍으로 쓰러지면서 비게 된 훈장자리에 자천했으나 다시 낙방했다. 그리고 마나님은 첫 출산 이듬해에 딸을 하나 더 낳았다. '그 누구의 자식도 아닌 내 자식'이라던 마나님의 호언처럼 아들은 오로지 마나님만을 닮았으나, 딸은 공생원을 고대로 탁해 그의 온전한 기쁨이 되었다.

참, 서지남은 풍구와 풍순을 데리고 무사히 파주로 돌아갔다.

한성부는 행정구역상 5부 52방으로 나뉘어 있다. 큰 덩어리에 해당하는 5부는 간단하다. 동부, 서부, 남부, 북부에 중부가 하나 더 포함되는 식이니까. 그리고 각 부는 이렇게 쪼개진다.

먼저 동부 12방. 건덕방建德坊 · 관덕방觀德坊 · 덕성방德成坊 · 서운방瑞雲坊 · 숭교방崇敎坊 · 숭신방崇信坊 · 연화방蓮花坊 · 연희방燕喜坊 · 인창방仁昌坊 · 창선방彰善坊 · 천달방泉達坊 · 흥성방興盛坊

다음 서부 11방. 반석방盤石坊 · 반송방盤松坊 · 신화방神化坊 · 양생방養生坊 · 여경방餘慶坊 · 영견방永堅坊 · 인달방仁達坊 · 인지방仁智坊 · 적선방積善坊 · 취현방聚賢坊 · 황화방皇華坊

남부 11방. 광통방廣通坊 · 낙선방樂善坊 · 명례방明禮坊 · 명철방明哲坊 · 성명방誠明坊 · 성신방誠身坊 · 예성방禮成坊 · 정심방貞心坊 · 태평방太平坊 · 호현방好賢坊 · 훈도방薰陶坊

그리고 북부 10방. 가회방嘉會坊 · 관광방觀光坊 · 광화방廣化坊 · 명통방明通坊 · 순화방順化坊 · 안국방安國坊 · 양덕방陽德坊 · 의통방義通坊 · 준수방俊秀坊 · 진정방鎭定坊

마지막으로 중부 8방. 견평방堅平坊 · 경행방慶幸坊 · 관인방寬仁坊 · 서린방瑞麟坊 · 수진방壽進坊 · 장통방長通坊 · 정선방貞善坊 · 징청방澄淸坊

청계천을 기준으로 하면 북부와 동부, 중부가 위쪽, 서부와 남부가 아래쪽이다.

52방의 지명은 성리학의 5대 덕목인 인仁·의義·예禮·지智·신信과 그 실천내용인 수신제가치국평천하修身齊家治國平天下의 정치철학을 담고 있다. 먼저 '인'을 표방한 지명으로는 인달·인지·인창·관인이고, '의'를 표방한 지명은 의통, '예'를 표방한 지명은 예성·명례이며, 인지는 '지', 숭신은 '신'의 경우이다. 그리고 '수신'은 건덕·관덕·낙선·덕성·명철·성명·성신·양덕·적선·정선·정심·준수·창선·호현이 그러하고, '제가'는 가회·경행·수진·여경이 그러하며, '치국'은 광통·명통·숭교·안국·양생·영견·장통·진정·징청·취현이 그러하다. 마지막으로 '평천하'를 표방한 지명으로는 견평·관광·광화·반석·서린·서운·순화·신화·연화·태평·황화·흥성이 있다.

그중 이름도 뜻도 고아한 '명례방'에, 실은 '남촌'으로 더 자주 불리던 그곳에, 생원 공평이 마나님과 더불어 살고 있었던 거디엇다.

| 작가의 말 |

小者 李생원네 무우밭은요. 질마재 마을에서도 제일로 무성하고 밑둥거리가 굵다고 소문이 났었는데요. 그건 이 小者 李생원네 집 식구들 가운데서도 이 집 마누라님의 오줌기운이 아주 센 때문이라고 모두들 말했읍니다.

—서정주, 「小者 李생원네 마누라님의 오줌기운」 중에서

그때였다. 초가 뒤꼍으로 난 작은 채마밭에서 마나님의 방뇨를 훔쳐본, 바로 그때였다. 그늘을 편애하던 내 정서가 방향을 틀어버렸다. 충격으로 맘이 쏠렸지만 멀미가 없었던 걸 보면 내 안에도 양달이 있었나보다.

쓰는 내내 노는 마음이었다. 쓰는 일도 일이고, 일이라서 고역이라면 고역이겠지만, 그래도 노는 마음이었다. 무릇 놀음이란 즐거운 것이 이치다. 그러니 읽어읽어 예까지 와준 이들도 그동안 즐거웠다면 정말 좋겠다.

참, 날짜와 기후는 양력의 정서를 따랐다.

2009년 9월

김진규

문학동네 장편소설
남촌 공생원 마나님의 280일

1판 1쇄 | 2009년 9월 16일
1판 3쇄 | 2009년 10월 12일

지은이 김진규
펴낸이 강병선
책임편집 조연주 최유미 이경록
마케팅 장으뜸 정민호 한민아 정소영 정윤희
제작 안정숙 서동관 김애진

펴낸곳 (주)문학동네
출판등록 1993년 10월 22일 제406-2003-000045호
주소 413-756 경기도 파주시 교하읍 문발리 파주출판도시 513-8
전자우편 editor@munhak.com | 전화번호 031)955-8888 | 팩스 031)955-8855

ISBN 978-89-546-0884-8 03810

* 이 도서의 국립중앙도서관 출판시도서목록(CIP)은 e-CIP 홈페이지(http://www.nl.go.kr/ecip)에서
이용하실 수 있습니다.(CIP제어번호: CIP2009002784)

www.munhak.com